Radicato nel peccato

I peccati di Chicago

Renee Rose

Alta Hensley

Traduzione di
Ema Ferrari

 Creato con Vellum

OTTIENI IL TUO LIBRO GRATIS!

Iscrivetevi alla newsletter di Renee per ricevere Indomita, scene bonus gratuite e notifiche riguardo a nuove pubblicazioni!

https://subscribepage.com/reneeroseit

Capitolo uno

H *annah*

Un'auto entrò stridendo nel vicolo dietro il Giardino dell'Eden, il mio negozio di fiori.

Il cugino di Armando, Marco, che era a distanza nel vialetto per proteggermi, si girò, allungando la mano verso la pistola che aveva agganciata sul fianco.

Istintivamente sussultai, mi si fermò il cuore. Un tizio si sporse dal finestrino aperto, puntando la pistola contro di noi. Il tempo sembrò rallentare mentre Marco spalancò gli occhi nel realizzare. «Stai giù!» Si lanciò verso di me, scaraventandomi sul freddo suolo di cemento, dietro il cassonetto della spazzatura.

Il corpo di Marco fece da scudo al mio mentre il suono assordante degli spari riempiva il vicolo. Alzò la pistola per rispondere al fuoco, ma prima che potesse farlo, venne colpito.

Il dolore divampò nei suoi occhi. Il suo corpo sussultò.

Gridai. Il sangue schizzò dappertutto e un po' si accumulò sulle mie gambe, caldo e appiccicoso.

«Marco!» La mia voce era appena udibile sopra il frastuono degli spari che colpivano il cassonetto di metallo.

Mi tremarono le mani mentre le allungavo per toccarlo, stavo realizzando la realtà della situazione. Questo non era un atto di violenza casuale: ci avevano presi di mira.

«Stai giù» disse a denti stretti, il corpo tremante per lo shock o l'adrenalina.

Anche se il suo sangue si accumulava tra di noi, non distolse mai lo sguardo da me, come se fosse determinato a proteggermi a tutti i costi.

Oh Dio.

Avevo già visto un uomo morire nell'ultima settimana. Ero già stata esposta alla violenza della vita di Armando. Ma quella morte sembrava surreale. Come guardare un film. Marco era un uomo che conoscevo. Era il cugino di Armando. Se fosse morto...

No, non riuscivo nemmeno a pensarlo. Respirava ancora. Sembrava vigile.

Delle voci gridarono dall'auto: «Non è lui» e «Vai! Vai! Vai! Vai!» Si allontanarono a tutta velocità, lasciando una nuvola di polvere e il rumore di pneumatici che stridevano come unica prova della sparatoria.

Non è lui.

Stavano cercando di uccidere Armando ed erano venuti nel mio negozio. Nel vicolo sul retro. Significava che mi avevano collegata a lui?

Non era più al sicuro nel mio appartamento?

Quel pensiero mi chiuse la gola.

Il sangue di Marco continuava a defluire, macchiandomi i vestiti e la pelle. Lui gemeva e cercava di rotolare lontano da me, di tirarsi su.

«Calmati. Chiamo aiuto.»

Cercai il mio telefono e lo vidi di lato. Armando. Stavo parlando con Armando prima che accadesse tutto questo.

«Armando!» gridai, cercando di tirar via le gambe da sotto quelle di Marco. «Armando, hanno colpito Marco!» Forse riusciva ancora a sentire cosa stesse succedendo e ora sapeva che eravamo entrambi vivi ma in pericolo.

Quasi richiamato dalla mia voce, Armando apparve all'imbocco del vicolo, gli occhi spalancati dal panico. Osservò la scena davanti a lui: Marco ferito e io coperta di sangue e tremante in modo incontrollabile.

«Hannah!» Corse verso di noi, ma il suo sguardo era solo su di me.

«Sto bene, ma Marco è stato colpito.»

«*Madonna mia,* che cazzo è successo?» si accovacciò accanto a noi, le mani sopra a Marco, come se non sapesse dove toccarlo o come aiutarlo. La paura era impressa sul suo viso pallido, una vulnerabilità che non avevo mai visto prima in lui.

«I tuoi amici» gemette Marco, alzandosi a sedere e stringendo i denti per il dolore. «Sono venuti fuori dal nulla.»

«Sei riuscito a vedere chi erano?» chiese Armando. Vidi gli ingranaggi girargli in testa: stava già pianificando una rappresaglia.

«N-non lo so» balbettai, ancora sotto shock. «Non li ho visti in faccia.»

«Fanculo.» Lo sguardo di Armando si spostava tra me e Marco, la sua preoccupazione era palpabile. «Dobbiamo portarvi entrambi in un posto sicuro. Puoi camminare?»

«Certo che posso camminare» scherzò Marco, cercando di rimettersi in piedi. La sua faccia si contorse per il dolore e crollò di nuovo a terra. La mascella di Armando si serrò e prese il braccio di Marco per passarselo intorno alla spalla, sollevandolo in piedi.

«Sì, non camminerai da nessuna parte in questo modo.»

Mi spostai dall'altra parte di Marco per aiutare. Insieme riuscimmo a rimettere in piedi Marco, ognuno di noi si prese un braccio sulle spalle.

«Mando» disse piano Marco, la voce tesa. «Non l'ho visto arrivare.»

«Ci penseremo dopo» tagliò corto Armando. «In questo momento, dobbiamo concentrarci sul farvi uscire di qui entrambi.»

Mentre sostenevamo e trascinavamo Marco fuori dal vicolo verso il mio negozio, i miei pensieri turbinavano con una consapevolezza straziante: la mia vita si era irrevocabilmente intrecciata con questo mondo pericoloso e con l'uomo che mi ci aveva portata. Non che vederlo uccidere un uomo a mani nude non ci avesse già uniti.

Il sangue inzuppava la parte posteriore della gamba di Marco, e vidi Armando rendersene conto, le sue narici dilatate. «Dobbiamo portarti in ospedale» disse.

«Sto bene» insistette Marco a denti stretti mentre cercavo di tenerlo in piedi. «Chiedi a uno dei ragazzi di estrarre il proiettile.»

«Zitto» sbottò Armando. «Ti porto in ospedale. Dammi le tue chiavi.» Appoggiò suo cugino contro il muro di mattoni vicino alla mia porta sul retro.

«Amico, non voglio sangue sui sedili del Beamer.»

«Preferisci andare in ambulanza?»

Ringhiò in modo gutturale. «Va bene.» Marco consegnò a malincuore le chiavi.

«Riesci a tenerlo per un minuto, Fiori? Giro la macchina.»

«Ovviamente.» Avevo la voce rotta. Stavo ancora tremando, in stato di shock totale.

Armando dovette cogliere la paura nella mia voce perché fece una pausa, lo sguardo vagò di nuovo su di me, come se stesse ancora cercando un segno qualsiasi di ferita.

«Sto bene» assicurai. «Vai a prendere la macchina.»

La preoccupazione offuscò i suoi occhi scuri. «Sei sicura?»

Annuii, cercando di ignorare la paura persistente che mi aderiva addosso come una seconda pelle. «Sto bene. Veramente. Vai!»

Fece un cenno e corse via.

Pochi minuti dopo, una BMW sfrecciò nel vicolo e si fermò. Armando spalancò la portiera del passeggero, poi scese per aiutarmi a far salire Marco. Salii sul sedile posteriore.

«Dovresti semplicemente scaricarmi lì davanti» disse Marco quando Armando partì. «Non vorrei che questo influisse sulla tua libertà vigilata.»

La mascella di Armando si strinse. «È colpa mia, cazzo» scattò.

«Smettila con la tua festa della pietà, *stronzo*. Sono io quello a cui hanno sparato. Mi lascerai lì davanti e te ne andrai. Chiama Leo e assicurati che lo tenga nascosto a nostra madre, poi entra con lui quando arriva, come se lo avessi appena scoperto.»

Armando sembrava cupo, ma annuì. Lo vidi controllare lo specchietto retrovisore verso di me.

«Entrerò io con lui» dissi. «Non sono in libertà vigilata.»

«No» disse subito Armando. «Non voglio che tu sia legata a questa storia in alcun modo. *Capito?*»

In ospedale, Armando accelerò fino al marciapiede dell'area Emergency. «Ehi, *cugino*» gracchiò Marco. «Non

5

preoccuparti per me. È solo una ferita.» Spalancò la portiera e cadde fuori, riuscendo in qualche modo a barcollare verso l'ingresso.

«Dovrei andare con lui.»

«Resta qui» ringhiò Armando, lo sguardo fisso su suo cugino ancora per un momento, prima di avviare la macchina e andarsene.

Girò intorno all'ospedale, poi entrò nel parcheggio e spense l'auto. Le mani di Armando tremarono mentre tirava fuori il cellulare. «Devo chiamare Leo» mormorò, con lo sguardo che si spostava nel parcheggio come se si aspettasse un altro attacco da un momento all'altro.

«Leo, sono io.» La voce di Armando era densa di urgenza quando rispose il fratello di Marco. «Hanno sparato a Marco...nel vicolo sul retro del Giardino dell'Eden. Stava proteggendo Hannah. L'obiettivo ero io. Adesso siamo al Cook County. Vediamoci qui. Ah, e Marco ha detto di non dirlo a vostra madre.»

La conversazione finì in fretta e Armando si rimise in tasca il cellulare.

Quando scendemmo dall'auto, mi stava ancora esaminando in cerca di ferite, come se pensasse che mi avessero sparato di nascosto e non gliel'avessi detto.

«Sei ferita?»

Scossi la testa.

«Fammi vedere» insistette.

Mi avvolse un braccio intorno alla vita, tirandomi più vicina a lui. Il suo tocco mi fece venire i brividi lungo la schiena, ma era esattamente ciò di cui avevo bisogno per placare il tremito delle mie membra. Mi motivava.

Le mani di Armando si mossero dolcemente sul mio corpo, controllando eventuali ferite. Ringhiò quando vide i graffi sulle mie ginocchia causati dal marciapiede. «Cazzo,

Hannah. Grazie a Dio non sei stata colpita.» Abbassò la fronte contro la mia.

«Armando...» cominciai, incerta su cosa dire o fare.

«Mi dispiace, Hannah.» Il braccio di Armando rimase avvolto attorno a me, aveva il respiro irregolare mentre osservava ciò che ci circondava, il suo sguardo saettava da un angolo oscuro all'altro. Sentii la tensione crescere in lui. «Mi dispiace che tu sia rimasta intrappolata nella mia rete.»

«Non lo sono» dissi a bassa voce. Ed era vero.

Se Armando non avesse ucciso un uomo nel mio negozio la scorsa settimana, non avrei avuto il privilegio di conoscerlo. Di sapere cosa significasse essere posseduta da un uomo come lui.

E non ci avrei rinunciato per niente al mondo.

Ma la sua espressione era vuota, come se la sparatoria avesse alterato il suo disturbo da stress post-traumatico. Si limitò a scuotere la testa. «Volevo che tu fossi al sicuro da tutto questo.»

«Ehi.» Gli misi una mano sulla guancia, costringendolo a guardarmi. «Io sono al sicuro. E anche Marco starà bene, Armando.»

I suoi occhi scuri incontrano i miei e per un momento vidi qualcosa di crudo e vulnerabile. «Non so cosa avrei fatto se fosse successo a te, Hannah.» Deglutì a fatica. «Non sopporto il pensiero che tu ti faccia male a causa mia.»

«Andrà tutto bene. Sto bene. E anche Marco starà bene presto.»

Armando scosse la testa. «Niente va bene in questo momento. Ma mi assicurerò dannatamente che sia così.»

Capitolo due

*A*rmando

Le zeppe colorate di Hannah ticchettavano sui pavimenti sterili, riecheggiando nel pronto soccorso mentre camminava.

Leo se ne stava seduto con la caviglia sul ginocchio, il piede che dondolava. «L'hai detto al don?» chiese lui.

Scossi la testa. «Non ancora.»

C'era stato un tempo in cui sarei andato da Don G in un batter d'occhio. Per tutto. Ma ora mi sentivo così disconnesso dalla *Famiglia*.

Ovviamente dovevo dirglielo. Dovevo dirgli cosa stava succedendo. Ma volevo essere in grado di dirgli che avevo capito tutto quando lo avessi fatto. Che avevo tutto sotto controllo.

Il problema era che ero così fottutamente lontano dall'avere il controllo. Avevo bisogno di risposte, così da porre fine a questa merda.

Soprattutto perché ora Hannah era coinvolta.

Non potevo farle del male.

Guardai l'orologio. Erano passate ore da quando Marco

era stato portato dentro, e il silenzio in questa stanza fredda e bianca era assordante.

«Dio, quando ci diranno qualcosa?» borbottai sottovoce, cercando di contenere la mia frustrazione e la mia paura.

Rimuginavo in un angolo della stanza, lontano da Hannah, combattendo l'impulso di sbattere il pugno contro il muro. Immaginai la scena di Marco che prendeva il proiettile destinato a me ancora e ancora nella mia mente, un costante promemoria che la colpa era mia. E se lo avessero colpito al cuore? Alla testa? In questo momento mi sarei ritrovato a spiegare a mia zia come era morto suo figlio.

Il pensiero mi faceva star male.

Volevo provare qualcosa, qualsiasi cosa, ma non questo.

Grazie, cazzo, almeno Hannah non era stata colpita.

«Accidenti.» Strinsi i pugni. Il mio sguardo si spostò su Hannah, il suo bel viso segnato dalla preoccupazione, e il mio petto si strinse ancora di più. Se solo non l'avessi portata in questo mondo, nel caos del mio passato, non sarebbe stata qui ad affrontare questo pericolo.

«Armando.» Si avvicinò a me. «Starà bene. E non è colpa tua.»

Distolsi lo sguardo, incapace di incrociare il suo. Come poteva essere ancora così fottutamente dolce dopo tutto questo? Dopo che non le avevo procurato altro che guai e dolore?

«Smettila di incolparti» mi supplicò, aveva la voce spezzata mentre le lacrime le sgorgavano dagli occhi. «Non potevi sapere che sarebbe successo.»

La fissai. Non sapevo come cazzo facesse a piangere per me. Io ero un morto che camminava e lei era un oceano di emozioni.

«Non potevo?» chiesi amaramente, le immagini del mio passato lampeggiavano davanti a me. Ogni affare fallito, ogni nemico vendicativo: tutto aveva portato a questo momento. «Devi essere al sicuro.»

«Quello di cui ho bisogno sei tu» sussurrò, allungandosi per toccarmi la mano.

«Hai bisogno di me?» sbuffai, allontanando la mano come se il suo tocco potesse bruciare. «Non sai cosa stai chiedendo.»

Colsi il dolore nel suo sguardo e il mio senso di colpa crebbe.

«Forse no.» Si guardò i piedi prima di alzare gli occhi per incrociare di nuovo i miei. «Ma so che i miei sentimenti per te non cambiano solo per quello che è successo in quel vicolo.»

Fanculo. Questa ragazza. Era molto più di quanto meritassi.

Un'infermiera entrò nella sala d'attesa e si rivolse a Leo e a me. «L'intervento è finito» ci disse. «Abbiamo rimosso il proiettile dal suo...»

Mi alzai in piedi e mi diressi direttamente nella stanza senza chiedere se potessimo vederlo. Hannah mi seguì. Leo rimase ad ascoltare l'infermiera.

Dovevo solo vedere con i miei occhi che stava bene.

«Ehi, ragazzi» Marco ci chiamò debolmente dal suo letto d'ospedale. «A quanto pare era solo una pallottola nel culo. Ho sempre saputo che il mio culo aveva un bell'aspetto, ma non avrei mai pensato che sarebbe stato un vero e proprio bersaglio!» Ridacchiò meglio che poteva, visto il dolore che provava.

Mi sforzai di sorridere, apprezzando il suo tentativo di alleggerire l'atmosfera nonostante la sua stessa sofferenza. Il suono della sua risata fu come un balsamo per la pesantezza del mio petto. Anche se cercava di nasconderlo, vidi la tensione sul suo viso. Era evidente che stava assumendo un atteggiamento coraggioso per il nostro bene.

«Bella battuta, *cugino*» dissi con un mezzo sorriso.

«Dai, Hannah, puoi anche non ridere delle mie battute, ma almeno fammi un sorriso.» Marco la guardò in attesa.

«Solo perché sei ferito.» Il suo sorriso avrebbe potuto illuminare la cella più buia della prigione.

«Ehi, prendo quello che posso» scherzò, sussultando mentre si spostava sul letto.

«Grazie Marco. Per esserti preso il proiettile» dissi sinceramente.

«Sì, grazie» aggiunse Hannah. «So che avrebbe potuto colpirmi. Mi hai salvato la vita.»

«Quando vuoi.» Alzò le spalle. «Sono stato in questa vita abbastanza a lungo per conoscere i rischi. Non sono un passante innocente che è rimasto coinvolto nei tuoi guai, Armando. Ho fatto le mie scelte.»

Nonostante le parole di Marco, il senso di colpa mi rose come un lupo famelico. Strinsi i pugni lungo i fianchi e distolsi lo sguardo da loro, cercando di combattere l'impulso di infuriarmi e uccidere qualcuno.

«Marco non avrebbe dovuto essere lì» dissi, con voce tesa. «Avrei dovuto esserci io in quel vicolo. Il proiettile era destinato a me.»

«Armando, non puoi...» iniziò Hannah, ma venne interrotta dall'ingresso improvviso del fratello di Marco, Leo.

«Cosa diavolo è successo?» Leo entrò nella stanza d'ospedale.

«Mi hanno sparato al sedere.»

«L'ho sentito dire.» Leo sbottò in una risata. «Beh, almeno non era qualcosa di importante.»

«Ah, molto divertente.» Marco fece un sorriso mesto. «Ho fatto quello che dovevo fare.»

«Quindi ora hai due buchi nel culo?» insistette Leo. «Quindi sei un doppio stronzo ora.»

«Continua così, fratellino» ringhiò Marco.

«Ascolta» intervenni, rivolgendomi a Leo. «Questo è il mio casino. Rimedierò. Promesso.» Il peso della responsabilità gravava ancora di più sulle mie spalle. Lanciai un'occhiata ad Hannah, che mi studiò come se potesse sentirlo. Ero sicuro che poteva. Quella ragazza sentiva tutto.

Io non riuscivo a leggere i suoi pensieri.

Leo smise di scherzare con Marco e si voltò verso di me. «Conta su di me, nel trovare gli stronzi che hanno sfregiato il culo bianco come un giglio di mio fratello.» La faccia di Leo era seria. «Li faremo pentire di aver mai incrociato la nostra famiglia.»

Mentre discutevamo dei piani per la vendetta, intervenne Marco, sussultando mentre si sistemava sul letto.

«Prima che voi ragazzi diventiate tutti dei vigilanti, c'è qualcosa che dobbiamo considerare.» Inclinò la testa in direzione di Hannah. «Forse è meglio che anche lei lasci la città per un po'. Come tua madre.»

«Assolutamente no» rispose immediatamente Hannah, con voce ferma.

Fanculo. Marco aveva ragione. Se qualcuno mi avesse collegato ad Hannah, lei sarebbe diventata un bersaglio. Gli *stronzi* che mi volevano morto erano nel vicolo dietro il suo negozio oggi. Forse mi avevano già collegato a lei.

Oppure, forse avevano pensato che sarei stato lì a causa di Rocco. Perché era lì che mi avevano trovato l'ultima volta.

Hannah si mise le mani sui fianchi. «No. Ho un'attività da gestire. Non vado da nessuna parte.»

Ero doppiamente stronzo perché la verità era che non

13

volevo che se ne andasse. Non volevo smettere di nascondermi a casa sua. Non volevo lasciarla andare. Era l'unico colore nella mia vita in bianco e nero.

«Non credo che sia un bersaglio. Solo io lo sono.»

«Vero. Li ho sentiti urlare 'non è lui' dopo che mi hanno sparato» disse Marco.

Una piccola scheggia di sollievo si fece strada nel mio petto. «Va bene. Allora Hannah rimane.»

Si avvicinò a me e io la avvolsi tra le braccia, tirandola a me, inalando il profumo dei suoi capelli, un misto di fiori freschi e vaniglia.

«Rimani, ma dovremo prendere ulteriori precauzioni.»

«Okay» mormorò, stringendo le braccia intorno a me.

«Va bene, allora» intervenne Leo, con espressione ancora seria. «Ci assicureremo di tenerla al sicuro mentre ti occupi di questa cosa. E io ti aiuterò a gestire la vendetta, Armando.»

«Ehi, non dimenticatevi di me» gridò Marco, tentando di sorridere nonostante il dolore inciso sul suo volto. «Posso anche essere stato colpito, ma non sono fuori gioco. Tornerò presto in piedi. La vendetta dovrebbe essere mia.» Sbadigliò. «Ma in questo momento, ho bisogno di chiudere gli occhi e godermi lo sballo di tutti questi antidolorifici.»

Leo si appoggiò al muro incrociando le braccia sul petto. «Sì, bello, e ora avrai tutte le infermiere qui a litigare su chi può cambiarti le bende.»

«Forse dovrei farmi sparare più spesso, eh?» Marco ridacchiò, sussultando leggermente per lo sforzo.

«Magari non nel sedere la prossima volta, però. Elimina il fattore interessante dall'equazione» scherzai, guadagnandomi una risata da tutti nella stanza.

«Va bene, va bene, basta con le battute» disse Marco, riprendendo fiato. «Ma sul serio, Mando, promettimi che non te ne andrai in giro da solo per questa volta. Siamo una squadra, ricordi?»

«Sì.» La stanza si fece silenziosa mentre annuivo, sostenendo lo sguardo di Marco. «Promesso.» Presi la mano di Hannah e la condussi fuori dalla stanza. «Andiamo a casa.»

Capitolo tre

Armando

«Dobbiamo infilarti sotto la doccia.» Spinsi Hannah nel bagno del suo appartamento.

Quando la mia mano raggiunse la parte bassa della sua schiena, sentii un tremito. Fanculo. Probabilmente era ancora sotto shock.

Odiavo vedere il sangue su di lei. Anche se non era il suo, mi faceva ancora male allo stomaco immaginare cosa sarebbe potuto succedere se Marco non fosse stato lì a prendersi il proiettile.

La guidai sotto la doccia, aprii l'acqua e aggiustai la temperatura finché non divenne calda, ma non troppo. Rimase lì, gli occhi chiusi, il vapore che le saliva intorno mentre l'acqua le scendeva a cascata lungo il corpo. Vidi che la tensione nelle sue spalle iniziava ad allentarsi mentre si rilassava, e per un momento mi permisi di lasciar andare il terrore che mi attanagliava da quando avevo trovato lei e Marco nel vicolo.

Chiuse gli occhi e inclinò la testa all'indietro, lasciando che l'acqua le penetrasse nei capelli. Presi il bagnoschiuma e lo insaponai tra le mani prima di massaggiarglielo delicatamente lungo la pelle nuda.

«Stai bene?» gracchiai. «Davvero bene?»

Annuì, la tensione abbandonò il suo corpo. Era al sicuro, almeno per ora. Sapevo che non potevo restare ancora a lungo nella sua vita. Non quando le stavo facendo vivere questo tipo di merda.

«Va tutto bene» mormorai, «non permetterò che tu venga coinvolta in nient'altro. Promesso.»

Ventiquattr'ore fa, non sarebbe stato possibile lavare semplicemente questa donna e non voler spingere il mio cazzo dentro di lei. L'acqua saponata che scorreva lungo la sua pelle scura me lo fece venire duro, ma mi concentrai sul mio obiettivo. In questo momento, tutto quello che volevo fare era calmarla. Avvolgerla in una soffice coperta e scacciare via tutti i suoi mostri.

Una volta pulita, la aiutai a uscire dalla doccia e la avvolsi in un asciugamano. La condussi in camera da letto e l'aiutai a infilarsi un pigiama pulito prima di metterla a letto.

«Sto bene, Armando» insistette ancora.

Mi sedetti accanto a lei, incapace di pensare ad altro che alla sparatoria. Il sangue che si raccoglieva sotto Marco. Si era preso una pallottola per Hannah. Sapevo che lo avrebbe rifatto in un batter d'occhio.

Lei non avrebbe dovuto essere coinvolta in niente di tutto questo. Non avrebbe dovuto vedermi soffocare via la vita di un uomo nel suo negozio. Non avrebbero dovuto spararle nel vicolo.

Era un'innocente e noi non coinvolgevamo gli innocenti. Soprattutto non le donne.

Fanculo. Mi alzai. «Dormi un po'» dissi burbero.

Mi prese la mano per fermarmi. «Non andare. Vieni a letto con me.»

Ah, la tentazione. Mi stava guardando con quei grandi occhi castani. Così bella nel suo letto.

Ma non aveva bisogno di sesso in questo momento. Aveva bisogno di conforto.

Mi tolsi i vestiti e mi misi a letto accanto a lei, e lei si accoccolò contro il mio petto, la sua mano appoggiata sul mio cuore. L'alzarsi e abbassarsi dei suoi respiri era rilassante.

Restai sdraiato lì e fissai il soffitto, la mia mente macinava gli eventi della giornata.

Non avrei dovuto permettermi di avvicinarmi a questa ragazza. Mi sentivo come se stessi firmando il suo certificato di morte.

Stare con me era come camminare verso il Mietitore in persona.

Cazzo, avrei dovuto andarmene...

«Che succede ora?»

Non avevo una risposta. Tutto quello che sapevo era che non potevo continuare a metterla in pericolo. Non potevo continuare così per sempre. «Non lo so» ammisi. «Ma lo capirò. Non permetterò che ti succeda niente. Chiunque abbia sparato a te e a Marco morirà. Gli staccherò la testa a mani nude.»

Sentii della tensione in lei.

«Scusa.» Avrei decisamente dovuto risparmiarle i dettagli del mio piano di vendetta. «Quello che voglio dire è che quello che è successo oggi non accadrà mai più.»

Fece un cenno incerto. Il suo sguardo non rivelava alcuna paura o repulsione per me. No, questa era la ragazza che mi aveva visto uccidere un uomo a mani nude e mi aveva baciato lo stesso.

Mi avvicinai e assaggiai la sua bocca.

Mentre le sue labbra si aprivano, approfondii il bacio,

esplorando le dolci profondità della sua bocca con la lingua. Lei mi rispose, il suo corpo premette contro il mio con crescente urgenza. Il nostro respiro divenne affannoso mentre continuavamo a baciarci, persi nella sensazione inebriante del reciproco tocco.

Le feci scivolare le mani lungo la schiena, attirandola più vicino a me. I suoi seni premevano contro il mio petto e un gemito le sfuggì dalle labbra.

Mi allontanai per un momento per riprendere fiato, guardandola negli occhi mentre passavo la mano tra i suoi capelli. Eravamo persi l'uno nell'altra e il mondo al di fuori di quel momento non esisteva. Mi avvicinai per baciarla di nuovo, e mi arrampicai sopra di lei, mentre le mie mani vagavano sul suo corpo e la baciavo profondamente. Lei rispose con fervore, i suoi fianchi sfregarono contro i miei. Potevo sentire la sua umidità attraverso le mutandine e la cosa rese il mio cazzo duro come una roccia.

Entrambi ci togliemmo lentamente tutti i vestiti, non volendo che nulla impedisse alla nostra pelle di fondersi in una sola.

Feci scorrere i baci lungo il suo corpo, iniziando dal collo, continuando giù fino ai seni e poi ancora più in basso fino alla morbida ciocca di peli scuri tra le cosce. La baciai dolcemente all'inizio, poi le schiusi le labbra con la lingua e mi immersi dentro, assaporandola.

Emise un rantolo, mi afferrò la testa con le mani mentre inarcava la schiena. Continuai a esplorare, la lingua saettò con rapidi colpi mentre leccavo i suoi succhi. Ansimò di nuovo, emettendo un gemito acuto mentre mi afferrava i capelli.

Le allargai le cosce con le mani, facendo scorrere lentamente la lingua tra le sue pieghe. Lei rabbrividì in risposta.

«Oh Dio.» Emise un respiro tremante.

Infilai le braccia sotto le sue cosce, tirandole le gambe fino alle mie spalle. Il suo respiro accelerò mentre la mia lingua schioccava contro il clitoride. Affondò le unghie nella mia schiena, inarcandosi mentre la leccavo lentamente, la mia lingua accarezzò la sua protuberanza sensibile. Il suo corpo si irrigidì mentre colpivo più velocemente, i suoi muscoli si irrigidirono mentre la spingevo sempre più vicina al limite.

Continuai il mio assalto al clitoride, passandoci sopra la lingua in cerchi stretti. Alternando tra leccare e succhiare mentre sentivo il suo respiro diventare più profondo e tremante.

«Sto per venire» borbottò. Tutto il suo corpo ora stava tremando, i suoi muscoli si irrigidirono e si rilasciarono in un potente orgasmo. I suoi succhi scorrevano nella mia bocca mentre gemeva forte.

Continuai finché non ebbe finito, finalmente mi sedetti e la guardai. Respirava affannosamente, il suo petto si alzava e si abbassava rapidamente. Mi avvolse le braccia intorno al collo, attirandomi in un bacio.

Presi un preservativo dal comodino. Strappai l'involucro con i denti e lo infilai. Le sollevai le gambe fino alle mie spalle, guardandola profondamente negli occhi mentre entravo in lei con un unico affondo. Entrambi sussultammo, persi nella sensazione dei nostri corpi che si univano. Mi tirai fuori e spinsi di nuovo dentro di lei. Mi tirai indietro e spinsi una terza volta, ogni spinta diventava sempre più potente.

Mi attirò la testa e mi baciò, le sue labbra incontrarono le mie in un bacio potente e pieno di sentimento mentre continuavamo a fare l'amore l'uno con l'altra.

Non era solo scopare. Era fare l'amore. La mia penitenza per tutto quello che le avevo fatto passare.

Interruppe il bacio, premendo la fronte contro la mia, e continuammo a muoverci insieme all'unisono. Il suo respiro era caldo contro il mio viso. Il mio stesso desiderio crebbe e cominciai a spingere sempre più forte dentro di lei. Cominciai a sentire la familiare sensazione di formicolio all'inguine mentre lei continuava a gemere e piagnucolare, e il suo respiro diventava sempre più affannoso. Eravamo ormai entrambi vicini al limite, e lei stringeva le gambe attorno alla mia vita mentre il suo respiro accelerava. Mi spinsi dentro di lei un'ultima volta. Esplodemmo in una serie di gemiti e grida, cavalcando insieme l'onda finché non si infranse. Scivolai lentamente fuori, sdraiandomi accanto a lei nel letto. Stavamo entrambi cercando di riprendere fiato.

Si girò verso di me, accoccolandosi sul mio corpo accaldato. L'avvolsi con un braccio, tenendola stretta a me. Nonostante lo spettacolo di merda della giornata, sembrava tutto giusto.

Essere qui, con Hannah. Questa connessione.

Eppure, questa era esattamente la cosa a cui avrei dovuto rinunciare se ci tenevo a questa ragazza.

Mentre mi appoggiava di nuovo la testa sul petto, riuscii a sentire il suo corpo rilassarsi e il suo respiro farsi lento e regolare. Chiuse gli occhi e capii che finalmente si era arresa allo sfinimento che minacciava di sopraffarla da quando l'avevo trovata nel vicolo.

Me ne stavo lì sdraiato, tenendola stretta, e non potevo fare a meno di pensare a quanto fosse ironico che l'unica donna che avrei dovuto tenere a debita distanza fosse anche l'unica donna che non riuscivo a lasciar andare.

Capitolo quattro

annah

    Mi svegliai tra le braccia di Armando. La stanza era buia, il suo respiro pesante mi diceva che dormiva da un po'.

Avrei dovuto avere paura di quest'uomo. Essere terrorizzata dalla situazione in cui mi trovavo. Non sapevo nemmeno come definire il mio rapporto con Armando. Ero ancora sua prigioniera? La sua ragazza?

Era qui solo perché aveva bisogno di un posto dove nascondersi? Si stava ancora assicurando che non lo denunciassi?

O voleva essere qui? *Con me?*

Alla parte sciocca di me piaceva credere che stavo facendo qualcosa per lui. Come se fossi un ammortizzatore nella sua vita disordinata e criminale.

Sapevo che era completamente incasinato, ma era così. Volevo essere importante per lui. Volevo sapere che aveva bisogno di me come io stavo iniziando ad aver bisogno di lui.

Strinse le braccia intorno a me. La sua presa era possessiva, come se avesse ancora paura che io potessi scappare.

Sembrava passata una vita da quando si era letteralmente schiantato contro il mio negozio.

C'era stata tanta paura. E poi l'ignoto. Il piacere. La lussuria. E anche la tenerezza.

Sì, la tenerezza dell'assassino nel mio letto.

Ora, mentre giacevo tra le sue braccia, non potevo fare a meno di provare uno strano senso di conforto. Era come se fossi finalmente al sicuro dal mondo esterno. Il mondo che mi avrebbe giudicata per il fatto di essere qui. Il mondo che non capiva il legame che si era formato tra di noi.

Io almeno lo capivo il legame?

Mi voltai a guardarlo, e lui si agitò nel sonno. Aprì gli occhi e sorrise quando vide che lo guardavo. Sentii un calore diffondersi nel mio corpo. Era pazzesco, lo sapevo. Ma non potevo fare a meno di sentirmi come mi sentivo. Lo amavo. Sapevo che non avrei dovuto, ma era così.

«Non riesci a dormire?» mormorò, tirandomi più vicino.

Scossi la testa, incapace di trovare le parole per esprimere quello che sentivo. Mi limitai a fissarlo, e lui ricambiò lo sguardo, i suoi occhi cercavano qualcosa nel mio viso. Si avvicinò e mi sfiorò le labbra con le sue, facendomi venire i brividi lungo la schiena. Risposi con entusiasmo, premendo il mio corpo contro il suo.

In quel momento, dimenticai tutto ciò che ci circondava. L'aggressione ad Armando. La sparatoria nel vicolo. Il rischio che Armando violasse la libertà vigilata e finisse di nuovo in prigione.

Interruppi il bacio, tirandomi indietro quel tanto che bastava perché le mie dita potessero tracciare cerchi leggeri sul suo petto. «Sto solo pensando» sussurrai in risposta, riluttante a spezzare l'incantesimo del momento.

Lui annuì, i suoi occhi cercarono i miei. «A cosa?»

«A quanto mi sento vicina a te. E a cosa succederà.»

Rimase in silenzio per un momento, la sua espressione imperscrutabile. «Non ho le risposte, Fiori. Non lo so.»

«Lo so» dissi velocemente. «Certo che no. Non importa.»

«So una cosa...» mosse la mano verso la mia coscia.

Il respiro mi si bloccò in gola quando sentii le sue dita sfiorarmi la gamba. Mi venne la pelle d'oca, il mio corpo rispose al suo tocco.

Aprii di più le gambe nel tentativo di avvicinare le sue dita alla figa.

Abbassò la mano sul bordo delle mie mutandine. «Sei un dono.»

Ogni cellula del mio corpo celebrò la sua affermazione. La conferma che significavo qualcosa. Che io ero un contributo alla sua vita. Che aveva bisogno di me.

«Sei un fottuto dono, e ti voglio più di quanto ti abbia mai voluta prima.» Le sue dita scivolarono sotto il tessuto e trovarono il clitoride gonfio. Ansimai, il suo tocco mi provocò una scossa attraverso il corpo.

Tutto il mio corpo tremò in attesa mentre faceva scivolare un dito dentro di me. Lo spinse a fondo, pompandolo dentro e fuori con un movimento ritmico. Il mio corpo sapeva cosa fare. Sapeva come rispondere al suo tocco. Era stato così dal momento in cui l'avevo incontrato.

«Grazie per avermi accettato.» Accarezzò le mie pareti interne. «Amo il modo in cui ti arrendi a me. È inebriante. Non ne ho mai abbastanza di te.» Inalò il profumo dei miei capelli. «Mai.»

Mi resi conto che io e Armando forse avevamo ancora difficoltà con le parole e stavamo giusto imparando a comunicare. Ma una cosa era certa.

I nostri corpi sapevano parlare.

Più delle parole.

Emisi un leggero gemito mentre il suo dito scivolava dentro e fuori dalla figa. «Di più» sussurrai, i miei occhi non avevano mai lasciato i suoi.

«Di più?» Piegò le labbra in un sorriso.

«Voglio di più. Ti voglio dentro di me. Ho bisogno di te» ammisi, mentre la voce mi si bloccava in gola.

Non ero mai stata una in grado di esprimere facilmente i miei bisogni e desideri sessuali. Ma quando ero vicina a lui, tirava fuori un lato di me che non sapevo esistesse.

Un lato che bramava il suo tocco.

«So di cosa hai bisogno, Fiori.» Mi fece rotolare sulla schiena e mi bloccò gli avambracci lungo i fianchi.

«Sì» sospirai, elettrizzata dal suo dominio.

«Hai bisogno che ti scopi?»

«Sì», risposi subito.

«Hai bisogno che ti scopi forte, piccola?»

«Sì, ti prego.»

«Lo hai voluto tu.» Si abbassò per afferrarmi le mutandine e me le tirò giù per le gambe. Le gettò a terra, poi mi afferrò le caviglie e mi sollevò le gambe verso la testiera. Mi dimenai dal piacere mentre mi allargava le gambe, esponendo la mia fica al suo sguardo affamato.

«Sei così fottutamente bagnata per me» ringhiò mentre abbassava la testa, premendo le labbra contro la mia coscia, poi spostandosi verso la figa. «Bagnatissima e pronta per me, vero?»

Non aspettò una risposta. Posò le labbra sul clitoride e lo succhiò. La lingua calda sfiorò il clitoride, torturandolo nel modo più delizioso.

Chiusi gli occhi, il calore si diffuse attraverso il mio corpo mentre una scarica di elettricità mi percorreva la spina dorsale. Ansimai mentre spingeva la lingua dentro di me, gemendo mentre scivolava contro il clitoride gonfio.

Spinse la lingua dentro di me, e la figa si contrasse, tremando contro la sua bocca.

Spinse due dita dentro di me e la figa si contrasse intorno ad essa. Ci ero così vicina. «Mettilo dentro» sospirai, sforzandomi di trovare voce.

«Cosa devo mettere dentro?» affondò ancora di più le dita, facendomi impazzire. Mi stava facendo implorare.

Lo assecondai. «Il tuo cazzo. Lo voglio. Ne ho bisogno.»

«Piacevole e lento?» chiese.

«Sì» annuii.

«Sei sicura? O lo vuoi duro e brutale?» mi stuzzicò.

«Comunque tu voglia. Voglio solo che mi scopi.» Il cuore mi martellava nel petto. Il sangue mi sfrigolava nelle vene.

Non ero mai stata una da dipendenze. Non bevevo. Non fumavo. Niente aveva mai preso possesso dei miei sensi.

Fino ad Armando.

Ero completamente dipendente da lui.

E avevo il terrore che mi spezzasse il cuore.

Capitolo cinque

annah
Il sole penetrava attraverso le sottili tende del mio piccolo appartamento, gettando un tenue bagliore sulla stanza.

Sentii l'acqua che scorreva nella doccia, e sapere che Armando era ancora qui mi tranquillizzò.

Mi alzai e vagai senza meta per la camera da letto, raccogliendo vestiti sparpagliati senza pensarci. No, non era vero. Stavo *cercando* di non pensare, ma gli eventi di ieri continuavano a ripetersi nella mia mente. Lo stridio improvviso delle gomme, il crepitio acuto degli spari e gli occhi sofferenti di Marco mi perseguitavano.

Qualcuno voleva Armando morto.

Quel pensiero mi terrorizzava. Fissai il pavimento, cercando risposte che non c'erano.

Proprio in quel momento, la porta del bagno si aprì cigolando e Armando uscì a grandi passi, i capelli umidi tirati indietro. Era vestito in modo impeccabile con un abito su misura, e sembrava in tutto e per tutto l'uomo potente e pericoloso che era. Era come se la scorsa notte non fosse mai accaduta, come se fosse intoccabile. Come sempre, la sua presenza era tanto rassicurante quanto intimidatoria.

«'Giorno, Fiori» disse freddamente, scrutandomi dalla testa ai piedi. La sua voce era come il velluto, in grado di calmare parte dell'ansia che mi corrodeva da quando mi ero svegliata. Ma il suo comportamento stoico mi ricordava anche che questo tipo di violenza non era nuovo per lui, faceva parte della sua vita.

«Buongiorno» risposi, cercando di calmare la voce. «Come sta Marco?»

«Vivo» rispose semplicemente, la sua espressione era ancora calma e composta come sempre. «Starà bene. Non è la prima volta che gli sparano.» C'era una punta di amarezza nelle sue parole, che mi suggerì di non andare avanti con le domande. Ma non riuscivo a trattenermi.

«Ha detto per quanto tempo resterà in ospedale? Stavo pensando di mandargli dei fiori.»

«No. Non voglio che ti vedano con lui. O con me. Non voglio che nessuno stabilisca questa connessione. Ok?»

«La tua vita sarà sempre così? Saremo costantemente in pericolo?»

I suoi occhi lampeggiarono mostrando qualcosa di oscuro, quasi vulnerabile, prima che si allontanasse. «Non c'è un *noi*, Hannah» disse piano, dandomi le spalle. «A causa del pericolo. Mi dispiace che tu sia stata trascinata in tutto questo, ma cercherò di tenerti fuori da qualsiasi altra cosa.»

Giusto. Non c'era un *noi*.

Armando si girò, e dovette cogliere il mio dolore perché mi si avvicinò, mi abbracciò e mi strinse a sé. Premetti il viso contro il suo petto, il ritmo costante del suo cuore mi batteva sotto l'orecchio. Era confortante, mi teneva ben salda in questo momento.

«Mi dispiace di averti coinvolta in tutto questo.» La sua voce era tesa, ma le sue dita mi accarezzavano dolcemente la schiena.

«Penso che l'adrenalina di ieri sera stia svanendo. Mi sento... spaventata» confessai, con le mani aggrappate al tessuto della sua giacca. «Non per me, ma per te.»

Sbuffò scioccato. «Per me? Non preoccuparti per me, piccola. L'organizzazione... è una parte di me. Il pericolo è una parte costante di tutti i miei giorni. Questo non cambierà. Non potrei tirarmi indietro, anche se lo volessi.» La sua voce si incrinò leggermente, tradendo il dolore che provava nell'ammettere questa verità.

«È questo che sei allora? Un uomo costantemente circondato dalla violenza e dalla paura?» chiesi, cercando di capire la profondità del suo coinvolgimento nella mafia ma anche sperando di non sembrare giudicante.

«Purtroppo sì», ammise, stringendomi. «Sono nato in questa vita e ho fatto cose di cui non vado fiero. Ma non voglio che ti tocchi più di quanto non abbia già fatto, Hannah. Meriti di più.»

Mi si riempirono gli occhi di lacrime.

Sapevo che stava dicendo di tenere a me, ma mi stava anche respingendo. Mi stava tagliando fuori. Mi stava dicendo che non avevamo futuro.

«Solo perché ho paura...» mi fermai. Non ero sicura di cosa dire. «Armando, non mi interessa il tuo passato o quello che sei.»

Sembrò smettere di respirare. «Dovresti.» La sua voce era dura. Cupa.

«So cosa merito. E in questo momento, sei tu.»

Mi si strinse il petto al pensiero di un futuro pieno di violenza e paura, ma non riuscivo a immaginare la mia vita senza di lui. Sapevo che non era colpa sua se era nato e cresciuto in quel mondo e non volevo chiedergli di cambiare chi era. Tuttavia, non potevo ignorare il fatto che stando con lui avrei accettato una vita non esente da pericoli.

Prendere consapevolezza di quella realtà non significava che avrei dovuto sfuggirle.

«Te lo prometto, farò tutto ciò che è in mio potere per tenerti al sicuro. Quello che è successo ieri non resterà impunito. Farò in modo che niente di tutto questo ti tocchi più.» Armando serrò la mascella e vidi il feroce senso di protezione che cresceva dentro di lui.

Mi guardò per un lungo momento, il peso del suo passato pesante nello sguardo. Il suo respiro caldo contro la mia pelle. A quel punto qualcosa nella sua espressione cambiò, nei suoi occhi si accese una scintilla.

Armando

Portai l'El al cantiere e andai dal caposquadra, Larry. Mi guardò dall'alto in basso. Ero vestito in giacca e cravatta, che sapevo essere esagerato per un cantiere. Ma non era troppo per un comandante della mafia, e dovevo stabilire chi cazzo ero.

«Sì. Ok. Dunque, sui libri sei inserito come supervisore. Se mai qualcuno si dovesse presentare qui per un'ispezione, basta che sembri ufficiale. Interpreti bene il ruolo, quindi va bene. A parte questo, fai quello che vuoi. Sono sicuro che già sai tutto.»

Annuii. «Sì. Decisamente. Quindi dovrei essere il tuo supervisore?»

Allargò le narici. «Giusto. Il vero supervisore gestisce altri otto cantieri. Qui gestisco tutto da solo.»

Mi infilai le mani in tasca per sembrare meno minaccioso. Non era un atteggiamento che avevo approfondito, ma da qualche parte dentro di me c'era un ragazzo che sapeva come essere disinvolto. «Quindi forse mi limiterò ad aggregarmi a te... imparare i trucchi del mestiere.»

Cos'altro dovevo fare? Avevo passato quattro anni e mezzo ad annoiarmi. Ora che ero fuori, non volevo oziare senza fare niente. In più, avevo bisogno di qualcosa che potesse distrarmi dal pensiero che Hannah avesse rischiato di essere uccisa. Quello, e la nottata e la mattinata di scopate epiche.

Ovviamente a Larry non piaceva l'idea. Nemmeno per un cazzo. Lo capii subito perché si irrigidì e si bloccò per un paio di secondi prima di emettere un soffocato «Sì, ok.»

Era costretto a dire *ok*. Nessuno voleva fare casino con me qui. La famiglia Pachino dirigeva il sindacato.

Lo seguii in giro e prestai attenzione, presentandomi ai ragazzi quando Larry non si preoccupava di farlo. Non che mi sentissi improvvisamente amichevole. Col cazzo. Ma mi costrinsi a farlo seppur poco convinto.

«È il supervisore mandato dal sindacato» aggiungeva Larry rimarcandolo ogni volta, facendo sapere a tutti esattamente cosa significasse.

Ero un mafioso lì per spillare al loro datore di lavoro uno stipendio senza fare nulla.

Beh, magari si sarebbero sorpresi. Magari avrei finito per fare di più che mandare messaggi ai miei amici tutto il giorno. O magari no. Chi cazzo poteva saperlo? Tutto quello che sapevo era che avevo fame di lavorare. Mi ero dovuto trattenere dall'infilarmi negli affari di Hannah. Raccontandole tutte le idee che avevo.

Sarebbe stato sbagliato. Hannah non aveva bisogno che io irrompessi nei suoi affari e le dicessi come fare qualsiasi cosa. Doveva capirlo da sola, altrimenti non avrebbe mai assunto la piena proprietà. Ma dannazione, volevo aiutarla.

Un grosso tizio nero sulla cinquantina venne a parlare con Larry. Quando mi presentai, scoprii che si chiamava Harold ed era un elettricista.

Potevo dire per certo che non voleva dire quello che stava per dire. «Ascolta, ultimamente ho avuto un po' di affanno e mia moglie mi ha fissato un appuntamento questo pomeriggio con uno dei suoi dottori all'ospedale. So che il preavviso è breve e abbiamo una scadenza, ma...»

«Assolutamente no, Harold. Assolutamente no. Sai che oggi dobbiamo sistemare il cablaggio o non passeremo l'ispezione.»

Non ero certo se stessi solo facendo lo stronzo con Larry o se volessi dare il massimo, ma intervenni. Dopotutto, tecnicamente ero il suo capo, giusto? «Lascialo finire» dissi. «Forse ha un piano per assicurarsi che venga fatto tutto lo stesso.» Volsi lo sguardo su Harold. «È così?»

«Sì» disse. Riuscii a percepire l'incazzatura nella sua voce. «Stavo per dire che dovrei aver finito per l'ora di pranzo, e se dovesse emergere qualcosa durante l'ispezione, può occuparsene Chad.»

«Chad non può gestire una cosa così importante. Assolutamente no» farfugliò Larry. Era probabile che fosse solo incazzato perché mi ero intromesso. O forse era solo un coglione. Larry era sulla trentina. Bell'aspetto. Probabilmente aveva una bella moglie e un figlio a casa.

Avrei voluto spaccargli i denti, ed ero sicuro che volesse fare lo stesso con me per il fatto che avevo ficcato il naso negli affari.

«L'affanno sembra una cosa seria» dissi. «Faresti meglio a non disdire quell'appuntamento.»

Beccati questa, Larry.

La faccia di Larry divenne rosso intenso.

«Se durante l'ispezione viene fuori qualcosa che Chad non può gestire, possiamo chiamarti al cellulare?» Tirai fuori il telefono.

Harold sembrò sollevato. «Ovviamente.» Mi diede il suo numero mentre Larry si spostava da un piede all'altro, con l'aria di chi stava per essere preso a pugni.

Probabilmente non era stata la mia mossa migliore quella di far incazzare il caposquadra il primo giorno. Ma alla fine, questi stronzi non potevano toccarmi. Non che io avessi bisogno che l'organizzazione si intromettesse in questa situazione, ma i Pachino avevano instillato abbastanza paura nel Local 352 negli ultimi 30 anni che nessuno sano di mente avrebbe mai osato fiatare.

Ed ero già un briciolo più vicino all'idea di divertirmi. Probabilmente il maschio alfa che era in me aveva bisogno di pisciare su qualcuno. Inoltre, sapevo di avere ragione. Perché cazzo un caposquadra avrebbe dovuto negare a un tizio con l'affanno la visita di un medico per una semi-emergenza? Era sbagliato.

«Fammi vedere chi è Chad» ordinai ad Harold e lo seguii più avanti nell'edificio.

Avrei fatto di questo lavoro la mia puttanella. Perché in questo momento era l'unica cosa che avevo.

A meno che non contassi Hannah. Insomma, contavo sicuramente Hannah, ma non potevo davvero considerarla mia. Sì, l'avevo reclamata fin dall'inizio, cazzo. E lei era stata decisamente d'accordo.

Ma potevo offrirle solo un sacco di merda. Non potevo essere il suo ragazzo. Non quando una banda aveva sparato nel mio appartamento, avevano cercato di uccidere mio cugino e io ero una carcassa emotiva.

Lei meritava di meglio.

Il che significava... cazzo. Probabilmente avrei dovuto lasciarla in pace. Darci un taglio netto prima che si facesse male.

Solo che in questo momento ero troppo egoista per farlo, cazzo.

Perché quella ragazza era l'unica cosa che mi illuminava in questo momento.

Capitolo sette

annah

Alle 17:30 iniziai a chiudere. In realtà avevo detto a Josie di andarsene presto perché non c'era niente da fare, e averla intorno mi rendeva ansiosa.

Ero comunque ancora ansiosa anche se lei se n'era andata. Era una sensazione diversa però. Josie non c'entrava.

Era per Armando.

Perché stavo cercando di capire cosa fare. Dovevo chiamarlo per chiedere quando sarebbe venuto a casa? In realtà non pensavo nemmeno di avere il suo numero di telefono, cosa abbastanza triste. L'avrei trovato a casa al mio ritorno? Avrebbe dovuto esserci. Aveva lasciato lì un borsone pieno di vestiti.

Ma cosa sarebbe successo se non lo avessi trovato?

Perché se n'era andato stamattina? Aveva detto che doveva lavorare, ma non sapevo nemmeno cosa facesse. Era la persona meno aperta che avessi mai conosciuto.

Probabilmente perché aveva molto da nascondere.

Certo, non pensavo che stamattina se ne fosse andato in

giro a rapinare banche o altro, ma non si poteva mai sapere. Faceva parte della mafia. Avrebbe potuto fare qualsiasi cosa.

Il ricordo di lui alle prese con il tizio che aveva cercato di ucciderlo mi balenò nella mente. La sua calma, offensiva ma micidiale. Era stato magnifico. Era strano che non fossi eccessivamente infastidita dalla sua carriera o da quello che aveva fatto? E ieri c'era stata una sparatoria che, sì, mi aveva scossa, ma stranamente l'avevo già superata. Avrei dovuto esserne terrorizzata, ma non lo ero. Forse era per gli uomini in completo che se ne stavano fuori dal mio negozio tutto il giorno, ma la paura che avevo avuto questa mattina si era per lo più dissipata.

L'unica cosa che avevo provato tutto il giorno era stato il desiderio. Mi mancava Armando.

Ai miei occhi, il pericolo rendeva Armando ancora più attraente. Era un ragazzaccio che viveva secondo un codice. C'era onore in quello che faceva. Aveva ucciso, sì, ma era successo in battaglia. Come un soldato.

Solo che il suo esercito era una famiglia siciliana, non una truppa governativa.

Forse stavo cercando di razionalizzare tutto, ma restava un fatto: non riuscivo ad avere molti dubbi al riguardo. Perché mi piaceva come ci si sentiva ad essere consumati da lui.

E fu allora che varcò la porta.

Il mio cuore saltò all'impazzata. Aveva un aspetto elegante in completo, e una mano infilata con disinvoltura in tasca.

Mi bloccai, senza fiato per il fatto di averlo di nuovo qui. Si avvicinò a me senza una parola, mi afferrò la nuca e abbassò lo sguardo.

«Ehi» sospirai.

Il suo sguardo mi vagò sul viso, fissandosi sul gioiello per il naso che mi aveva regalato poco prima che sparassero a Marco. Avevo dimenticato di ringraziarlo a causa di tutto quello che era successo.

«Bello.» Un uomo di poche parole.

E poi mi baciò. Non fu il tipo di bacio disperato che ci eravamo già scambiati, quello con cui lui mi consumava e io andavo in fiamme. Questo era un bacio più sensuale. Come quelli dei film di Hollywood. Uno di quei film in cui il ragazzo prende la ragazza, la musica si alza e la telecamera gira intorno a loro.

Non alzai le braccia, le lasciai semplicemente penzolare lungo i fianchi, amando la sensazione di ricevere ciò che mi stava offrendo. Lasciandogli prendere ciò che voleva senza cercare di ottenere di più.

Quando interruppe il bacio, il negozio girava proprio come le scene riprese dalla telecamera panoramica, e lui guardò me e l'anello al naso. «Ti piace?»

Ritrovai il respiro. «Lo adoro.» E poi, stupida me, mi si riempirono gli occhi di lacrime. Perché, come al solito, avevo considerato il regalo molto più importante di quanto probabilmente non fosse. «Volevo ringraziarti prima. Ma con tutto quello che è successo a Marco, io...»

Mi baciò di nuovo. Forte. Con rivendicazione.

Non era toccato dalle lacrime. Non nel senso cattivo, ma non reagì affatto, continuò a guardarmi dall'alto in basso come se stesse cercando di scrutare nella mia anima.

«Cosa stai pensando?» chiesi. Perché avevo un disperato bisogno di entrare nella sua testa in questo momento.

«Sto cercando di capire se dovrei portarti a casa a consumare il tuo letto o portarti a cena.» La mia espressione dovette rivelare il mio piacere perché disse: «Vuoi cenare, eh?»

In realtà non mi interessa cosa scegliesse, non vedevo

l'ora di stare con lui, ma un appuntamento suonava bene. Mi avvicinai, mettendogli le braccia al collo e iniziando un bacio.

E immediatamente si accese. La sua fame oscura si impennò di nuovo, e il suo bacio e il suo tocco divennero aggressivi. Fece scivolare le mani sul mio vestito, stringendomi il culo, e infilando le dita nelle mie mutandine al respiro successivo.

Ero già bagnata. Forse lo ero stata dal momento in cui aveva varcato quella porta. Il mio corpo sembrava appartenergli. Lo comandava, e tutto quello che volevo fare era consegnarglielo.

Ma era tutto così pericoloso. Era fuori dalle mie possibilità. E da un giorno all'altro avrei capito che non aveva intenzione di andare avanti con me.

E dannazione, non si trattava semplicemente della follia delle relazioni? Non si aveva mai la garanzia che l'altra persona volesse la stessa cosa che volevi tu. Lo speravi e desideravi e facevi del tuo meglio mentre ti ci trovavi. E sì, era un casino. Sì, di solito finiva con un sogno infranto.

Probabilmente sarebbe successo anche qui. Cercavo di ricordarmelo ad ogni respiro, e questo creava un tripudio di ansia mescolato al piacere di sapere che non se n'era ancora andato, il che purtroppo non faceva che aumentare la sensazione.

Era ancora pericoloso per me, solo che ora lo era in modo peggiore.

Avrei perso il mio cuore per lui.

Passò la bocca aperta lungo il mio collo e mi morse. «Lascerai che ti scopi di nuovo nel tuo negozio?» La sua voce era roca, un basso ringhio. «Per scaricarmi, così potrò superare la cena?»

Nel senso che si sarebbe trovato con le palle gonfie se

prima non avessimo fatto sesso. Come se avesse davvero bisogno di me. Era una sensazione potente sapere di essere io quella desiderata, non l'avevo mai provata prima.

«Tu cosa pensi?» Volevo sentirlo parlare. Scoprire se i suoi pensieri corrispondevano ai sentimenti che percepivo da lui.

«Io penso di sì.» Fece un passo indietro e si slacciò la cintura.

I miei occhi seguirono il movimento, trovandolo leggermente minaccioso ed estremamente sexy.

«Oh, vuoi la cintura?»

Merda! La volevo? Sicuramente no. Solo... il calore mi si riversò tra le gambe.

Mi avvolse la cintura intorno alla vita e la usò per tirare i miei fianchi contro il suo corpo. «Dimmi, bellezza, come la vuoi la mia cintura?»

Un brivido mi percorse il corpo al pensiero di lui che la usava per sculacciarmi. Lo volevo? Io pensavo di no, ma il mio corpo non era d'accordo, il mio livello di eccitazione aumentò ancora di più.

Continuò a parlare mentre mi spingeva verso la porta e la chiudeva a chiave, girando il cartello che indicava Aperto in Chiuso. «La vuoi intorno alla gola mentre ti fotto da dietro? Hmm?» Il suo respiro era caldo sul mio orecchio. «O dovrei usarla per legarti i polsi dietro la schiena?»

Oh dannazione. Non avevo considerato nessuna di queste possibilità. Ed entrambe mi facevano impazzire e mi eccitavano in egual misura.

«O volevi solo sentirla sul culo?»

Questa volta il brivido che mi percorse fu abbastanza forte da permettergli di percepirlo.

«Non preoccuparti, Fiori. Mi assicurerò che ti piaccia.»

Spostò la cintura sotto il mio culo e si tirò su per inchiodare i nostri corpi insieme. Sentii il mio nucleo fondersi proprio in quel momento. Avevamo appena iniziato e stavo già perdendo la sanità mentale. Ero vicina all'orgasmo.

Questo era quello che mi faceva quest'uomo.

Era pazzesco.

Mi fece girare e mi spinse nella sala relax. «Ti voglio sul tuo letto. Sugli avambracci e sulle ginocchia con quelle cosce divaricate. Lo farai per me più tardi, bellezza?»

«Sì» certamente. Gli avrei promesso qualsiasi cosa in questo momento. Ero ubriaca di lussuria. Ubriaca di lui.

Mi fece voltare e tirò su l'orlo del vestito corto di cotone. «Indossi sempre questi fottuti vestitini corti. Mi fanno impazzire, Fiori. Rendi così facile per me scoprire il tuo culo e sculacciare questa bella pelle fino a farla diventare viola.» Era quando facevamo sesso che questo ragazzo parlava di più. Non c'era da stupirsi che fosse il posto in cui sentivo che ci connettevamo meglio. Mi tirò giù le mutandine e mi diede quattro schiaffi sul sedere, poi strofinò via il bruciore. «Sei così sexy. Così bella.»

Continua a parlare, capo. Le sue parole erano un balsamo per le mie orecchie. Forse *ero* davvero bisognosa. Appiccicosa. O quello che era. Perché bevevo le sue lodi in questo momento come se fosse un elisir. Ma questo ragazzo non parlava molto, quindi quando lo faceva, sembrava significativo.

«Aprile» mi ordinò, spingendomi giù le mutandine finché non caddero sul pavimento. La sua voce era così profonda e sicura. Non potevo credere che qualcuno volesse mai litigare con lui.

Allargai la mia posizione e incurvai la schiena, incoraggiata da tutte le sue lodi. Mi fece scivolare la cintura tra le gambe e fece passare la pelle sul mio nucleo.

«Mmm» gemetti.

La allontanò e poi ne fece scorrere solo l'estremità tra le mie gambe, sculacciandomi la figa.

Sussultai. Bruciava, ma ci era andato leggero. Non era realmente doloroso. Faceva solo un po' male.

«Ti piace farti sculacciare la figa, bambina?»

Oh dannazione. Ora mi chiamava *bambina*. Perché mi piaceva così tanto?

«N-no» mentii.

Sostituì la cintura con le dita e mi strofinò la fessura. Ero fradicia. «Io penso di sì. Vuoi che ti sculacci il culo con la cinta?»

Respiravo rumorosamente. Non era proprio un sussulto, ma un raschiare tra di noi. Non risposi.

«Hmm? Penso che tu voglia provarlo, vero? Hai paura, Flowers?»

Feci su e giù con la testa. Ero di fronte al tavolo di formica, la superficie grigia maculata mi nuotava davanti agli occhi.

Si avvicinò a me, mi allargò le gambe con un movimento del ginocchio e mi ingabbiò la gola, tirandomi su il busto finché la mia schiena non raggiunse la sua fronte. Il suo cazzo indurito mi premeva contro il culo dai pantaloni. «Ti piace mischiare un po' di dolore con il piacere, vero, Hannah? O è paura?»

Calde spine mi sfrecciarono sulla pelle. Potevo già dire che avrei pianto quando tutto questo fosse finito, perché sentivo pressione sul viso, le lacrime in gola. La sua mano lì amplificava la sensazione. Non stava stringendo, ma avrebbe potuto facilmente farlo. Se avesse stretto le dita, avrebbe potuto porre fine alla mia vita, proprio così.

L'aveva già fatto, ne ero sicura.

Sì, era il pericolo. «Paura» sussurrai. Sentivo le cose così intensamente. Quando il sesso si sommava al pericolo, amplificava tutto.

Mi morse l'orecchio. Non un semplice morso, ma un morso punitivo che fu quasi troppo forte. «Hai paura di quello che ti farò adesso?» Era malvagio, mi prendeva in giro come il diavolo che stuzzicava la sua preda.

«Sì.»

«Tre colpi», mormorò e mi spinse il busto verso il tavolo.

Emisi un piagnucolio. *Avevo* paura. Paura che avrebbe fatto male. Paura di mettermi in imbarazzo con la mia reazione. Paura di essere così vulnerabile con quest'uomo che stava rapidamente diventando così importante per me.

«Allora ti scoperò per bene. E dopo ti tratterò come una principessa. *Capito?*»

Capivo? Nemmeno lontanamente.

Ma ero totalmente d'accordo. Una scarica di adrenalina mi inondò le vene mentre faceva un passo indietro e si avvolgeva un'estremità della cintura intorno al pugno.

Oh Dio. In cosa mi stavo cacciando? Questo era pazzesco. Più folle che baciare un assassino.

Schioccò la cintura in aria. Atterrò sulla parte inferiore delle mie natiche lasciando una linea di fuoco. Ansimai, stringendo le natiche.

«Oh Dio.» Cercai di raddrizzarmi, ma lui mi trattenne.

«Ancora?» Mi stava facendo sapere che potevo fermarlo anche se mi stava trattenendo. Non riuscivo a convincermi a chiedere di più. Non ero sicura di volerlo. Ma non gli dissi nemmeno di smettere.

Lasciai decidere lui.

E, naturalmente, lo capì. Nonostante Armando potesse sembrare emotivamente non disponibile, era piuttosto perspicace quando si trattava delle mie emozioni. Ci faceva attenzione.

Mi frustò di nuovo, e questa volta sobbalzai e mi lasciai sfuggire un grido. Massaggiò le due strisce, impastando il dolore in un bruciore più generalizzato.

Gemetti piano.

«Ho detto tre colpi. Prenderai l'ultimo come una brava ragazza?»

Controllava ancora.

«Sì.» Scossi la testa, come se promettere di fare la brava avrebbe reso tutto più facile.

Fece scivolare la mano verso il basso e mi accarezzò tra le gambe. «Sì, sei una brava ragazza, vero? Sempre bravissima.»

Stavo tremando dappertutto. Ero in uno stato febbrile.

Lui giocherellò con il mio clitoride e io mi inarcai all'indietro, gemendo. Mi afferrò i fianchi e si chinò per baciare una delle mie natiche in fiamme. «Ancora uno» disse con fermezza mentre si alzava.

Dannazione.

Mi colpì e io sussultai, e poi fu finita. I vestiti di Armando frusciarono e sentii il crepitio dell'involucro del preservativo. Trascinò la cappella attraverso i miei succhi. Trovandomi così pronta, si infilò dentro.

Non ero sicura che la penetrazione fosse mai stata così soddisfacente come lo era in questo momento. La sensazione di perfezione di lui che mi riempiva non avrebbe potuto essere più evidente. Come se il mio corpo fosse fatto per accettare il suo. Come se fosse questo il suo scopo.

Armando gemette. «Sei perfetta, Hannah. Così perfetta.» Si avvicinò, centimetro dopo centimetro, poi indietreggiò lentamente, stuzzicandomi con la sua lunghezza.

Magari lui poteva aver bisogno di scaldarsi, ma io no. Ero pronta per i suoi colpi forti. Per farmi schiacciare di nuovo i fianchi o tirare i capelli. Invece, fece scivolare le mani lungo i miei fianchi, dentro il mio vestito e affondò le dita nel reggiseno per pizzicarmi un capezzolo.

Schiacciai le mani sul tavolo e mi inarcai, sollevando la testa. «Non giocare con me» gli dissi. Il bisogno mi aveva ormai resa irritabile. «Devo venire.»

Rispose con un colpo a forte. «È questo che vuoi, bella? Una bella scopata brutale? Perché a me va sempre bene.»

Mi mise un braccio intorno alla vita, stavolta attento a proteggere i miei fianchi dal tavolo, e iniziò a martellarmi.

«Sì» gemetti, mentre la soddisfazione incombeva.

Mise una mano accanto alla mia come leva e mi penetrò a fondo, mentre i suoi lombi mi schiaffeggiavano il sedere, macinando il bruciore della sua cintura, levigandolo, soddisfacendolo.

«Ti amo.»

Oh merda. Perché cazzo l'avevo detto? Sicuramente non intendevo farlo. Queste cose mi scappavano sempre di bocca! Insomma, era vero. In questo momento sentivo scorrere l'amore, ma Gesù!

Perché avevo dovuto dirlo?

Vacillò, interruppe il ritmo, e fui subito sicura che sarebbe finita male.

E sarebbe stato forse il peggiore di tutti i finali perché questa volta stavo davvero impazzendo per questo ragazzo.

Ma invece di diventare goffo e strano, divenne più aggressivo. Mi afferrò i capelli e mi tirò bruscamente indietro la testa, provocando mille minuscole fitte di dolore sul cuoio capelluto.

«Ti piace quando ti scopo forte, vero, *bellezza?*» ringhiò, come se fosse arrabbiato con me. Come se stesse dicendo quelle parole a denti stretti.

«Sì!» gridai, sollevata dal modo in cui aveva distorto le mie parole. Come le aveva affrontate.

«Ti piacerà anche quando fotterò questo culo.»

Oh Dio. Quasi quasi risi ad alta voce. Forse era questo che l'amore significava per lui. L'anale.

«Più forte» lo incitai, volendo arrivare alla fine, ma forse anche cercando di superare il mio errore.

Continuò a martellarmi dentro, dandomelo come piaceva a me. Amandomi con quel suo grosso cazzo.

«Ho bisogno di te.»

Oh mio Dio, la mia bocca non voleva fermarsi.

Mi tirò più forte i capelli. «Te lo darò» ringhiò. E lo fece. Ancora più forte. Abbastanza forte che iniziava a farmi male. Meravigliosamente brutale. Come una bestia liberata dalla sua gabbia.

E poi urlai. Venni di brutto, mentre lui diventava sempre più brutale con me.

Venne, e quando ebbe finito, si allungò per massaggiarmi il clitoride provocandomi un secondo orgasmo.

E ora che era finita, avrei voluto che fossimo a letto per crollare con la faccia su un cuscino e fingere di essermi addormentata.

Capitolo otto

Armando
Lei mi amava. Era un altro di quei momenti in cui ero sicuro che avrei dovuto sentire di più. Ma ero vuoto.

Insomma, non ero così stupido da credere a tutte le chiacchiere che uscivano dalla bocca di una ragazza quando stava per raggiungere l'orgasmo, ma sapevo anche che Hannah era un libro aperto. Provava amore per me in quel momento e non riusciva a mantenere il segreto.

E nonostante la mia mancanza di reazione a quelle parole, in qualche modo mi avevano cambiato.

L'unico problema era che potevo dire che era imbarazzata e desiderava non averlo detto.

Tremava anche da morire. Sentivo le sue gambe oscillare nel punto in cui le nostre cosce si incontravano. Pulii entrambi e l'aiutai a rimettersi le mutandine.

Evitò il contatto visivo. «Ehi, spero che tu non ascolti tutte le cose folli che dico durante il sesso» disse in fretta.

«No, ma lo conservo nella testa» le dissi, conducendola

fuori dalla saletta e spegnendo le luci. «È passato molto tempo dall'ultima volta che ho sentito quella merda.»

Non avrei dovuto chiamarla *merda*, era stata una pessima scelta di parole. Ma stavo cercando di minimizzarne l'importanza, pur continuando ad apprezzarlo.

Mi lanciò uno sguardo leggermente sofferente che mi prese alla sprovvista. «Sei arrabbiato con lei? La tua fidanzata?»

Oh.

Era gelosa. Quello sì che lo sentii visceralmente. Come un piacere che mi andava dritto nel petto.

Hannah mi stava reclamando.

Solo che non avrebbe dovuto piacermi. Perché non potevo essere il suo ragazzo. Anche se non avessi avuto alle calcagna un'intera banda che cercava di uccidermi, non ero tipo da fidanzarmi. Ero un morto che camminava. Non avevo niente da offrire a una ragazza come Hannah, a parte il sesso fantastico. Era brillante, vibrante. Aveva tutto il mondo davanti a sé. Lei meritava tutto.

Non volevo affrontare questa conversazione. Avrei quasi preferito asportarmi un'unghia del piede con le pinze piuttosto che parlare di Grace, ma Hannah era in attesa, vulnerabile al punto da leccarsi le labbra e guardarsi intorno.

Quindi mi fermai nel corridoio buio e la affrontai. «Grace è una stronza. Assolutamente sleale. Quando sono finito in prigione, mi ha sostituito in poche settimane – delle fottute settimane – con un altro mafioso. Non ha avuto il coraggio di dirmelo per mesi, però.»

Hannah inclinò la testa. «Mafioso nel senso di un altro... tizio nell'organizzazione?»

«Sì. Emilio. È una specie di cugino. Non un vero fottuto cugino, ma una cosa simile, sai?»

Trattenne il respiro. Sembravo un po' arrabbiato, il che mi faceva incazzare. Volevo tornare a non sentire niente al riguardo.

«Quando sono uscito la scorsa settimana, tutti pensavano che ci sarebbero stati problemi. Tra me e lui, sai? Una volta ero...» Non volevo nemmeno dirlo. Quello che ero. Presuntuoso. Sicuro di me. Orgoglioso. Non conoscevo nemmeno più quel ragazzo. «Non lo so. Davvero un fottuto cane alfa. E posso essere brutale. Ma questo l'hai visto.» Sussultai un po', pensando a quello che aveva visto qui nel suo negozio. Ero ancora stupito che non avesse mostrato segni di trauma.

«Il don mi ha avvertito per prima cosa di non toccarlo.»

La preoccupazione di Hannah era solo aumentata. Porca puttana, stavo assimilando quella sua empatia perché anche se non provavo emozioni mie, registravo chiaramente le sue.»

«Ma la cosa che non sanno è che... non sono più quel ragazzo. Nessuno di loro mi conosce più, cazzo. E non me ne frega niente di nessuno dei due. Insomma, sono disgustato da quella merda - la loro mancanza di onore e lealtà - ma non significano niente per me. Onestamente, sai cosa sarebbe stato peggio?»

«Che cosa?» sussurrò Hannah, con gli occhi spalancati.

Trassi un respiro, realizzando solo ora quello che stavo per dire. «Se mi avesse aspettato.»

Era vero. Se fossi uscito con l'aspettativa di essere di nuovo il ragazzo perfetto, di vivere con Grace e organizzare il nostro matrimonio insieme, sarei andato in pezzi.

«Non riesco a immaginare come sarebbe stato doverla sposare quando sono uscito. Perché non sono lo stesso ragazzo che le ha messo l'anello al dito.»

«Ma lo avresti fatto?» chiese Anna.

Non ero sicuro di cosa stesse cercando di ottenere o perché stesse insistendo, ma risposi onestamente. «Sì. Insomma, le avrei dato una via d'uscita se l'avesse voluta, ma non sarei venuto meno ai miei impegni.» Alzai le spalle. «Sono un uomo di parola.»

Mi studiò con quei caldi occhi castani che vedevano tutto e sembravano non giudicare mai. «Sei leale» disse.

Annuii. «Sempre.» La condussi fuori dalla porta del vicolo fino al furgone. Aprii il lato del passeggero e l'aiutai a salire. «Ah, ehi. Ho dimenticato di controllare le trappole per topi. Hai avuto qualche visita?»

Lei rabbrividì. «Sì.»

«Ci sono ancora? Hai bisogno che me ne occupi io?»

Rabbrividì ancora. «Sì grazie.»

Le feci un rapido cenno e tornai dentro per occuparmene. Una cazzatina facile da fare per lei. Ero contento di poter fare qualcosa.

Quando tornai, misi in moto il furgone. «Dove vuoi andare a cena?»

«Dipende da te, paghi tu.» Mi lanciò uno sguardo malizioso. Le piaceva quando pagavo. Ero pieno di soldi prima di essere preso. Se avessi avuto ancora quei soldi, li avrei usati tutti per lei.

Ma al momento, stavo bene. Avevo ancora metà dei soldi iniziali che mi aveva dato il don e avrei ricevuto uno stipendio di duemila dollari ogni due settimane. Non ero di certo ricco, ma potevo sicuramente portare fuori una ragazza per una bella cena.

«Scegli tu.» Non potevo andare in nessun posto che frequentavo prima. La casa di Hannah era ancora il mio nascondiglio più sicuro.

«Va bene, ehm... conosco un posto.»

Prima di uscire, mi fermai e la guardai. La guardai

davvero. Non volevo solo che dimenticasse la gelosia o preoccupazione per Grace, ma non volevo proprio più parlare di Grace. «Sei bellissima, lo sai?»

Spalancò gli occhi, il suo sorriso crebbe e vidi che apprezzava il complimento. Non ero bravo con le parole, ma per lei ci avrei provato. Ci avrei provato ogni fottuto giorno.

«Non ho mai avuto il privilegio di stare con una donna più bella prima d'ora. Veramente sbalorditiva» aggiunsi.

Capitolo nove

*A*rmando

Hannah mi indirizzò verso una caffetteria artistica. Non elegante ma nemmeno una bettola. Aspetto industriale con uno di quei soffitti alti in cui puoi vedere tutte le condutture sopra la tua testa e i mattoni di muri centenari. Non avevano superalcolici, ma il cameriere ci portò una bottiglia di vino da condividere.

Ordinai un hamburger con patatine fritte invece di quelle normali. Lei ordinò un'insalata raffinata: pistacchi, barbabietola o roba del genere. Guardai il suo piacere scavare dentro e desiderai di portarla fuori a mangiare ogni sera. Meritava di essere viziata molto più di quanto non viziasse sé stessa.

«Allora che lavoro dovevi fare oggi?» chiese dopo che il cameriere era scomparso.

Il mio istinto fu quello di chiudermi e non parlare. Di non dire una parola, ma l'avevo portata a cena. Eravamo ad un dannato appuntamento, quindi scossi la testa. «Non chiedermi del mio lavoro.»

Le mie parole erano troppo dure. Troppo rigide. Mi

accorsi che non le aveva prese bene da quanto si irrigidì.

«È per la tua sicurezza, Hannah» cercai di spiegare. «Non parliamo di affari, nemmeno con le nostre donne.»

Mi studiò per un attimo. «Sono la tua donna?»

Svuotai il mio bicchiere di vino e lo riempii di nuovo. Fanculo. Non ero così pronto per parlare di relazioni. «Non ho un'etichetta per te, Fiori.»

Lei si agitò, diventando silenziosa, e una fitta di qualcosa si mosse nel mio petto. Che cos'era? Senso di colpa? Per essere un accompagnatore così di merda?

Cercai nel mio cervello qualcosa da dire e alla fine risolsi con: «Come è stata la tua giornata?»

Fece una smorfia. «Lenta. Ma i martedì sono sempre lenti.» Imburrò uno dei mini-muffin che avevano portato in un cestino del pane. «Sto ancora lavorando su quello che hai detto. Sto solo provando cose nuove.» Prese un sorso di vino.

«Sì?» La incoraggiai.

«Sì. Ho alcune idee.»

Mi sporsi in avanti. «Bene. Ok. Tipo cosa?»

Lei alzò le spalle, arrossendo leggermente. «Tante idee. Non so quali siano buone o da dove iniziare.»

«Non lo sai mai.»

«Finalmente ho aperto un account Instagram e ci ho pubblicato alcune delle mie creazioni preferite. Josie mi ha sempre detto di farlo.»

Instagram. Era uscita tutta questa nuova merda dei social media da quando ero stato messo dentro. Forse avevo sentito parlare di Instagram prima di entrare, ma non l'avevo visto. Annuii, prendendo nota mentalmente di controllare e verificare il suo account. «È fantastico.»

«C'è questa competizione tra un paio di mesi. Un concorso di composizioni floreali. Mary Alice si è aggiudicata il secondo posto una volta. Insomma, non credo che si tradurrebbe direttamente in affari, ma potrebbe aiutarmi a costruirmi una reputazione. Per le persone che non si fidano del fatto che il negozio funzioni anche senza Mary Alice.»

«O per le persone che non hanno mai sentito parlare del Giardino dell'Eden. Questa è una grande idea. Quindi hai intenzione di partecipare?»

Si mordicchiò il labbro inferiore. «Forse. Non lo so. È un'idea.»

«È una buona idea.» Cercai di capire perché esitava. A me sembrava un gioco da ragazzi. «C'è una quota di iscrizione?»

«Ehm, sì, ma non è terribile. Più o meno settantacinque dollari o qualcosa del genere.

«La pagherò io» proposi subito. Non come beneficenza, ma solo per togliere almeno i soldi dalle criticità. Se questo rappresentava un problema per lei.

Si illuminò, apparve un debole sorriso. «Grazie. Pensi davvero che dovrei partecipare?»

«Certo che sì» dissi con fermezza. «Quali sono le tue altre idee?»

«Beh, questo è strano, ma... hai qualche legame con gli obitori?»

«Per che cosa?»

«I matrimoni portano un sacco di soldi, ma richiedono anche molto lavoro. Le corone di fiori invece sono soldi facili. Ho bisogno di entrare nel giro di alcuni obitori, in modo che mi raccomandino o mi usino automaticamente quando prendono gli accordi.»

Annuii. «Lo scoprirò. Potrei avere un collegamento. Fammi verificare.» Mi sembrava di ricordare che ogni funerale a cui ero stato per la Famiglia fosse stato organizzato dalla stessa agenzia di pompe funebri. Dovevo solo chiederlo a mia madre. «Cos'altro?»

«Matrimoni. Mi sono fermata all'Hotel Casper, ma devo andare a visitare tutti i centri eventi nei dintorni, così penseranno a me per riunioni o matrimoni o qualunque cosa stiano organizzando.»

«Va bene.»

«Il fatto è che odio quella parte. Mi piace occuparmi dei fiori, ma la parte dei rapporti mi fa impazzire.»

Scossi la testa. «No. Puoi farcela. Come ti ho detto quando ti sei fermata in quel primo hotel, sei bellissima, dentro e fuori. I tuoi fiori sono bellissimi. Tutti vorranno fare affari con te.»

Mi scrutò in viso come se stesse cercando un indizio che la stessi prendendo per il culo.

«Te lo garantisco, Fiori.»

Arrivò il nostro cibo, presi il mio hamburger e gli diedi un grosso morso. Era buono, meglio di quanto mi aspettassi. «Qualche altra idea?» chiesi.

A quanto pareva mi ricordavo come avere una conversazione una volta che mi ci mettevo.

Hannah strinse le spalle. «Non lo so.» Aveva un tono dubbioso.

«Sì, che lo sai. Che cos'è?»

Sospirò. «Stavo pensando di vedere se Mary Alice può rinegoziare i miei pagamenti. In fondo dovrebbe preferire ottenere meno che non ottenere nulla, giusto? Ad esempio, se fallisco, lei dovrà tornare qui e gestire lei stessa il locale o perdere i soldi della pensione che le do io.

«Giusto. È coinvolta nel tuo successo quanto te. Vorrà che funzioni.»

Hannah sbatté rapidamente le palpebre. «Lo spero davvero.»

«Mandale subito un messaggio e dille che devi parlarle.»

Hannah spalancò gli occhi. «Che cosa?»

«Concludi la cosa. Prima lo fai meglio è. Mandale un messaggio ora.»

Hannah prese lentamente la borsa. «Sei sicuro che sia una buona idea?»

«Assolutamente. Fallo.»

Mi guardò un paio di volte mentre lo faceva, come se non ne fosse ancora sicura.

Avevamo appena finito di mangiare quando le squillò il telefono. Lei lo guardò, poi spostò su di me gli occhi sgranati. «È lei.»

«Rispondi.»

Esitò. «No. La chiamo domani.» Fissò lo schermo. «O dovrei rispondere?»

«Rispondi» ripetei.

«Merda.» Hannah passò il dito sullo schermo e si portò il telefono all'orecchio. «Ciao.» Si alzò dal tavolo, tappandosi l'altro orecchio con il dito per sentire. «Sì.» Mi guardò e indicò fuori, poi prese la borsetta e si precipitò fuori dall'ingresso.

Oh cazzo no. Non l'avrei lasciata stare fuori sul marciapiede di notte da sola. Una bella ragazza come lei? Le avrebbero dato fastidio di sicuro.

Fermai la cameriera per il conto e lo pagai, poi uscii e trovai Hannah davanti a me, che camminava avanti e indietro sul marciapiede, la testa china come se stesse ascoltando attentamente.

Mi guardai intorno, controllando se c'era qualcosa che non andava. Ragazzi che bighellonavano, macchine che correvano sul marciapiede. Non mi piaceva stare qui fuori come se avessi un bersaglio sulla fronte, ma proteggere Hannah era più importante. Una macchina passò lentamente e la tenni d'occhio finché non girò l'angolo.

«Giusto. Sì. Di sicuro. Questo aiuterebbe sicuramente. Aiuterebbe molto. Grazie.» Lei mi guardò, gli occhi le brillavano per le lacrime. «Grazie» disse con voce strozzata. «Va bene. Buona notte.» Attaccò.

«Ha detto sì?» ipotizzai.

Hannah annuì con una risata lacrimosa. «Sì. Mi darà tre mesi per rimettermi in piedi, e poi pagherò quello che posso a partire da quel momento.» Cadde contro di me con un singhiozzo.

Feci scivolare le braccia intorno a lei e affondai le dita tra i suoi capelli per massaggiarle il cuoio capelluto. «È fantastico.»

Lei si allontanò da me. «Scusa.» Si asciugò gli occhi. «Questo è davvero imbarazzante.»

«No.» Le presi la mano e le asciugai una lacrima con il pollice. «Mi piace quando piangi.»

Aggrottò la fronte. «Ehm. Questo è bizzarro.» Mi diede un colpo sul petto. «Anche un po' malato.»

Alzai le spalle. «Non sento nulla. Intendo dire, niente di niente. Ma tu... le tue emozioni sono così grandi. Non lo so, forse troverò la via del ritorno grazie a te.»

L'espressione di Hannah divenne prima morbida e poi appassionata. Mi gettò le braccia al collo e mi baciò. Era uno dei nostri baci folli e frenetici, e il mio cazzo si indurì anche se l'avevo già avuta in negozio.

Le misi un braccio attorno alla vita e feci scorrere la mano per stringerle rudemente il sedere. «Attenta» dissi con voce impastata quando lei si tirò indietro per prendere aria. «O finirai per farti scopare nel retro del tuo furgone.»

Quasi le esplosero le pupille, ma divennero persino più grandi, come se adorasse l'idea. La girai verso il furgone. «Non stasera.» Le schiaffeggiai il culo. «Ho dei piani per te che coinvolgono il letto.»

Capitolo dieci

H*annah*

Apprezzai il calore delle mani di Armando sulle mie guance mentre le sue labbra sfioravano leggermente le mie. Le sue dita si aggrovigliarono tra i miei capelli e l'odore della sua acqua di colonia mi riempì i sensi. Le sue labbra erano morbidissime e mi baciò con una ferocia appassionata che mi lasciò senza fiato.

L'intensità del bacio stava crescendo, l'elettricità si accendeva tra di noi. Finalmente ci separammo e vidi il fuoco nei suoi occhi. Mi guardò con un'intensità che mi fece palpitare il cuore. Avrei potuto perdermi in quegli occhi per sempre.

Mi prese la mano tra le sue e salimmo le scale fino al mio appartamento. Il cuore mi batteva all'impazzata mentre entravamo dalla porta principale.

«Come posso ringraziarti per tutto quello che hai fatto per me?» chiesi tra i nostri baci.

Si staccò con un sorrisetto e un bagliore diabolico negli occhi. «Oh, mi vengono in mente molti modi.»

La lussuria crebbe. Avevo un bisogno frenetico di sbottonargli la camicia e abbassargli i pantaloni. Avevo bisogno di sentire la sua pelle contro la mia. Volevo sentire la sua bocca sulla mia. Non potevo aspettare un altro secondo. Avevo bisogno di lui dentro di me, subito.

Le nostre labbra si incontrarono in un abbraccio di pura passione. Le nostre lingue si sigillarono e si accarezzarono l'una con l'altra. La sua erezione premette contro la mia coscia. Dovevo averlo dentro di me. Dovevo averlo. Mi inginocchiai pronta a compiacere quest'uomo in qualunque modo volesse.

Lui mi ascoltava. A lui interessava. Non gli importava delle mie emozioni esagerate.

E per questo doveva essere premiato.

Gli tirai giù i pantaloni fino in fondo, e la sua erezione saltò fuori, dura e spessa, implorando la mia attenzione. Il mio stesso corpo era pieno di un profondo bisogno di compiacerlo, un desiderio che poteva essere soddisfatto solo dal suo piacere.

Lo presi in bocca, assaporandolo mentre prendevo più a fondo e più forte. I suoi gemiti riempivano la stanza, spronandomi a portarlo a nuove vette di piacere. Emise un gemito profondo e affondò le dita nei miei capelli, guidandomi dolcemente. Usai la mano per accarezzare ciò che non riuscivo a prendere in bocca, e lo sentii allungarsi e ispessirsi in risposta.

Un'umidità familiare mi si formò tra le gambe mentre continuavo a prenderlo. Lo sentii andarci vicino e mossi la lingua più forte, più a fondo su di lui. Potevo sentire il suo piacere crescere, potevo sentire i suoi muscoli tendersi. Volevo portarlo al limite, volevo farlo sentire come lui faceva sentire me.

Mentre la mia mano e la mia bocca lavoravano insieme per portarlo al limite, mi accarezzava la guancia, guardandomi negli occhi. La lussuria e il desiderio che vedevo era quasi travolgente. Spingendogli i pantaloni ancora più in basso sulle gambe, lo presi tutto in bocca e giù per la gola. Ne presi lo spessore e adorai il brivido di dover lottare per respirare. La sensualità di quel sacrificio mi spinse a farlo di nuovo, questa volta mandandolo più in profondità.

«Cazzo sì» mormorò tra i gemiti. «Gola profonda, Fiori. Proprio così.»

La lode di Armando mi spronò a farlo ancora e ancora. Ogni volta il mio riflesso di vomito si stringeva attorno al suo grosso cazzo. Continuai a prenderlo. Lo sentii andarci vicino e mossi la lingua più forte, più a fondo su di lui.

Emise un gemito profondo e strinse la presa sui miei capelli, attirando la mia bocca più a fondo su di lui. Ci era così vicino, così vicino che potevo sentire il precum. Il suo respiro si fermò, poi emise un gemito profondo e rimbombante mentre mi scendeva in gola. Lo ingoiai e poi lo leccai per pulirlo.

Mi sollevò in piedi, le mani correvano lungo le curve del mio corpo, togliendomi i vestiti. Una volta che fui nuda, mi prese i seni. Prendendo un capezzolo in bocca, lo stuzzicò dolcemente, inviandomi un'onda d'urto di piacere. Con le mani che esploravano il mio corpo, sentendo le curve intorno alla mia vita, i miei fianchi e l'umidità tra le mie gambe. Non sentivo un briciolo di autocoscienza quando ero con lui. Era chiaramente eccitato da ogni curva, ogni rigonfiamento e ogni centimetro del mio corpo.

Si inginocchiò e mi attirò a sé. «Siediti sul bordo del letto» mi ordinò.

Obbedii, e lui mi allargò le gambe e seppellì il viso nella mia umidità. Buttai indietro la testa e gemetti mentre spingeva la sua lingua dentro di me, accarezzandomi le pareti interne.

«Stanotte ti fotterò dove non sei mai stato fottuta» mi avvertì, poi affondò la lingua dentro di me.

Gemetti in risposta, incapace di formare parole di senso compiuto.

Armando continuò a darmi piacere con la lingua, massaggiandomi il clitoride con il pollice. Spinse la lingua dentro di me e il mondo si dissolse. La sua lingua era implacabile, il piacere mi pervase.

Mi allargò di più le gambe e il calore della sua bocca si concentrò sul clitoride. Leccò e stuzzicò, attizzando un'ustione nel profondo del mio cuore. La sensazione crebbe e crebbe ancora, e mi ritrovai a strofinare i fianchi contro la sua faccia.

«Ti voglio» sussultai.

Non prestò attenzione, continuò a leccarmi, succhiarmi e accarezzarmi. Gli afferrai i capelli, tirandolo più vicino, avendo bisogno di sentire l'intensità ancora un po'. Sentii la spirale, la catena del piacere, e quasi venni. Ci ero così vicina che non ce la facevo più.

Armando si fermò e mi guardò con quegli occhi scuri e profondi. «Ti fotterò il culo. Ti piacerebbe, Fiori?»

Annuii piano, non fidandomi della mia voce.

«Brava ragazza.»

Armando mi rivolse un sorriso rassicurante e mi guidò verso il centro del letto e si sdraiò accanto a me. Si avvicinò e mi sussurrò all'orecchio: «Ti farò venire. Ti farò sentire benissimo. Ma dovrai rilassarti. Dovrai farmi entrare.»

«Farà male?»

«Un po'. Ma amerai ogni colpo.»

Mi sfiorò il collo con le labbra, mordicchiandomi l'orecchio. La sua mano scrutò il mio corpo, afferrandomi il seno. Inarcai la schiena e spinsi il seno nella sua mano. Me lo strinse, massaggiandomi il capezzolo tra le dita.

Sentii la sua durezza contro il mio fianco, e fui sopraffatta dal desiderio di averlo dentro di me, dentro il mio culo.

Mi afferrò per le caviglie e mi tirò a sé. Allargandomi le gambe e posizionando il suo corpo nel mezzo, poi mise il cazzo nella mia stretta entrata posteriore.

«Si allargherà, piccola. Sei pronta?»

«Sono pronta» dissi, facendo un respiro profondo.

Mi stuzzicò il culo con la punta del pene, approcciando solo all'esterno, come per avvertirmi di quello che stava per succedere. Feci un respiro profondo e mi rilassai, sapendo che più avessi lasciato andare ogni tensione, più mi sarebbe piaciuto.

Proprio mentre spingeva la cappella dentro di me, sentii la tensione e l'allargamento. Non era male. In realtà era piacevole.

Cominciò a spingersi dentro di me, facendosi strada.

«Respira e rilassati, Fiori» sussurrò, mentre lo sentivo superare la tensione.

«Ahi» sussultai. «Fa male.»

«Stai andando così bene, piccola. Solo un po' di più.»

Si fece strada il panico. Magari era troppo grosso per me, per sopportarlo.

«Oh, fa male» supplicai.

«Respira, piccola. Non irrigidirti. Rilassati e prendimi.»

Fu come se mi stesse attraversando una scossa elettrica, il mio corpo si irrigidì e un brivido mi attraversò.

Mentre si spingeva più a fondo, iniziai a rilassarmi. Mi ritrovai a scivolare in una sorta di trance, sentendolo scivolare sempre più in profondità dentro di me. Era totalizzante, la sua pelle mi riscaldava, il suo cazzo riempiva una parte di me che non era mai stata toccata in quel modo prima.

«Stai bene?» chiese.

Annuii. «Continua» sussurrai.

Armando gemette e scivolò più a fondo. Era così in profondità e così grosso che non riuscivo a respirare. Si trattenne lì, nel profondo di me, e sentii il piacere, la tensione cominciò a crescere dentro di me. Continuò a crescere, così pieno, così caldo.

«Sei così fottutamente stretta» gemette Armando mentre mi univa le gambe e si spingeva più a fondo. Sentii il sangue scorrere dentro di me, la sua lunghezza mi riempì.

Fece male di nuovo mentre spingeva più a fondo. Ma come mi aveva avvertito Armando, il dolore era così fottutamente piacevole.

Armando iniziò a macinare dentro di me, il sudore scese dal suo corpo sul mio. Il calore della sua passione mi sciolse, la nostra pelle era in fiamme l'uno per l'altra.

Si spinse dentro e fuori di me come un uomo posseduto. Accarezzandomi i seni. Baciandomi e succhiandomi il collo. Si tirò fuori e strofinò la cappella in circolo intorno al mio buco stretto. Il piacere era quasi troppo da sopportare. Guidò il suo cazzo dentro di me, e una fitta di dolore mi esplose nel culo. Il mio corpo tremò mentre si spingeva di nuovo dentro di me. All'improvviso, il piacere ritornò sostituendo il dolore. Si tirò indietro e spinse di nuovo dentro, ogni volta con un po' più di forza, un po' più di profondità. Colpì le mie pareti, ancora e ancora, più forte, più veloce.

Lo presi da ogni angolazione, il piacere del suo cazzo che si muoveva dentro di me mi spinse sull'orlo dell'orgasmo. Mi strinsi, stringendolo. Si tirò fuori, mentre il mio culo si stringeva intorno a lui. Si spinse di nuovo dentro e io urlai di piacere. Il mio corpo andò a fuoco. Ogni spinta era come un'onda d'urto di sensazioni carnali.

Affondò dentro di me, fin dove poteva andare, fin dove poteva spingersi.

«Ci sono vicina» gemetti.

Armando mi tenne la mano sulla bocca: «Voglio sentirti. Voglio sentirti venire per me. Voglio sentirti emettere quel dolce suono lamentoso.»

Tutto il mio corpo tremò. Mi spinsi contro di lui, riempiendomi completamente del suo cazzo. Abbassai la mano e raggiunsi il clitoride, accarezzandolo con le dita.

«Adoro il modo in cui il tuo culo fa sentire il mio cazzo, bambina» mi gemette nell'orecchio.

Armando mi afferrò per i fianchi, tenendomi stretta a sé.

Il mio corpo esplose in un misto di piacere orgasmico e dolore acuto e pungente. Continuò a spingere dentro e fuori mentre le ondate di piacere si infrangevano su di me.

Lo sentii esplodere dentro di me, riempiendomi. Ogni spinta mandò un'altra ondata di elettricità dentro di me. Spinse ancora una volta, trattenendosi nel profondo. Pulsò e mi riempì, costringendomi a venire di nuovo con lui.

Armando mi girò rapidamente su un fianco, stringendomi da dietro. Avvolse le sue forti braccia intorno alla mia vita, tirandomi più vicino. Mi baciò la spalla e avvolse la sua gamba attorno alla mia.

«È stato incredibile» dissi, senza fiato.

Armando mi baciò la spalla. «Stai bene?»

Annuii. «Sì.»

«Bene», disse, asciugandosi il sudore dalla fronte. «Perché non ho ancora finito con te.»

Capitolo undici

Armando

«Mando.»

Era Arturo, mi chiamò di giorno mentre ero sul posto di lavoro. Non al lavoro. Nel posto squallido in cui dovevo andare per guadagnare uno stipendio per non aver fatto niente. Mi allontanai dal cantiere, con il telefono attaccato all'orecchio. «Sì?»

«Ho sentito che stai facendo incazzare la gente laggiù.» Ridacchiò.

Mi accigliai, anche se non aveva torto. Larry, il caposquadra, mi odiava, cazzo. Gli ero stato addosso per tutta la settimana, osservando quello che faceva, facendo domande. Imponendomi quando ne avevo voglia. Il che generalmente finiva con me che mettevo in discussione le sue decisioni di fronte ai suoi uomini. Perché lui non mi piaceva e perché potevo farlo.

Ero un rompicoglioni, ma anche lui era decisamente uno *stronzo*. Non piaceva a nessuno dei lavoratori, e pensavo che fosse significativo. Ma nemmeno io piacevo a nessuno dei lavoratori. Però nessuno voleva essere mio nemico; questo era un dato di fatto. Ma nessuno voleva nemmeno essere mio amico. Anche l'uomo con l'appuntamento dal dottore che avevo difeso si era allontanato da me. Non potevo dire di farne una colpa a nessuno di loro. Era meglio evitare uomini come me.

«Cosa hai sentito?» ringhiai.

«Don G ha ricevuto una telefonata dal tizio del sindacato. Chiedeva davvero gentilmente se potessi lavorare di meno nel tuo lavoro non-lavoro. Sentii la risata sommessa di Arturo. «Gli stai facendo passare l'inferno laggiù?»

«Che cazzo, che altro devo fare?»

Non avrei dovuto lamentarmi. Sembravo una stronzetta viziata pur avendo questo lavoretto in cui non dovevo fare un cazzo. Il problema era che non avevo fatto un cazzo per cinque anni. Ero stufo di quella merda.

«Mi stai chiamando per dirmi di smetterla?»

«No, fai quello che diavolo vuoi. È roba tua, Mando. Il don voleva solo trasmettere il messaggio. Fai quello che ritieni opportuno.» Fece una pausa. «Sai che non sei nemmeno tenuto ad andarci, vero? È tutto per la facciata.»

«Ho bisogno di stare qui» fu tutto quello che dissi.

Riprendendo quello che avevo detto, Arturo aggiunse: «Qualunque cosa ti renda felice, amico.»

Avrei dovuto ringraziarlo ora, ma non ne avevo voglia. Ero stato irritabile e irrequieto per tutta la fottuta settimana. Non avevo ottenuto nessuna informazione su chi mi voleva morto o su cosa stessero pianificando. Marco era uscito dall'ospedale, ma il mio senso di colpa per l'incidente non si era attenuato. E anche se venivo al lavoro tutti i giorni, l'unica cosa che volevo fare era correre a casa e scoparmi Hannah. Quella donna aveva una presa sul mio cazzo così forte che non riuscivo nemmeno a spiegarlo. Non avevo niente da offrirle se non il mio cazzo, e anche se a lei non sembrava importare, dovevo trovare un modo per darle di più. Lei meritava molto di più. Ma dovevo costringermi a lasciarla e venire qui. Dovevo presentarmi e passare tutto il giorno con questi stronzi, e continuavo ad aspettare che la mia vita ricominciasse, ma non era così.

Non lo avrebbe fatto.

Tutto quel tempo in prigione aspettando di uscire e vivere di nuovo, e ora risultava impossibile. Avevo portato la prigione con me.

E ora c'erano queste fighette mosce che andavano a piangere dal don come le puttane che erano. Il mio umore peggiorava di secondo in secondo.

«Ascolta, Mando, domenica c'è il battesimo di mio nipote. Dopo faremo una festa a casa mia. Mi dispiace, mia figlia non ti ha mandato un invito perché ha fatto la lista prima che tu uscissi. Nessun rancore, eh?»

«Sì. No, va bene.»

«Allora ci sarai? Alla Sant'Angela alle 10 del mattino.»

Fanculo.

«Sì. Certo. Ci sarò.»

«Bene. Ci vediamo allora. Ciao.»

«Ciao.»

Attaccai, più irritabile che mai. Chiamai Luis, che mi aveva dato solo un sacco di cazzate quando avevamo parlato cinque giorni fa. «Sì, che cos'hai?»

«Tutto inconcludente. Quello che so è che, sì, gli Hermanos ce l'hanno con te. Ma sospetto di essere stato io ad avvertirli che sei fuori. Il che significa che non sono stati loro a commissionare il primo colpo, ma probabilmente sono stati loro a fare tutto quel casino nel tuo appartamento.»

Imprecai in italiano.

Quindi ora avevo due cazzo di bersagli in testa.

Fottutamente fantastico.

«Ho bisogno di saperne di più» dissi.

«Ci sto lavorando.»

Capitolo dodici

annah

Erano le 18:30 e lui non si era fatto vivo. Tutte le sere di questa settimana, Armando era comparso all'ora di chiusura per accompagnarmi a casa con il furgone. Avevamo cenato insieme. Fatto sesso. Guardato la TV. Sapevo che era pericoloso abituarsi alla sua presenza.

Avevo sempre saputo che non sarebbe rimasto. Questa cosa non era permanente.

Ma anche così, mi ero permessa di sprofondarci dentro. Di godermi il falso calore domestico. Di cucinare. Mangiare. Lavare i piatti. Di lasciarmi sfilare di mano il sacco della spazzatura o la scatola della raccolta differenziata sentendomi dire che lo avrebbe fatto lui. Ero un po' morta dentro quando era tornato dal cassonetto con delle scatole vuote in cui Shadow poteva giocare. Era ovvio che si era affezionato al mio gattino e il cuore mi batteva forte al pensiero.

Ma stasera non si era presentato. Avevo aspettato, lavorato fino a tardi, prendendo più accordi del necessario, sperando che si facesse vivo, ma non era venuto.

Mi si era stretto lo stomaco.

Avevo un suo numero di telefono, ma quando l'avevo chiamato, aveva risposto la segreteria e avevo lasciato un messaggio generico, a cui non aveva risposto. Per quanto ne sapevo, ormai aveva cambiato telefono. Non ero sicura di cosa facesse un mafioso. Riceveva nuovi telefoni formattati a settimane alterne?

Non ero nemmeno sicura che mandargli messaggi e chiamarlo fosse appropriato. Si nascondeva a casa mia perché qualcuno stava cercando di ucciderlo e voleva tenermi al sicuro. E ci capitava anche di fare sesso. Un sacco di sesso. Ma questo non lo rendeva il mio ragazzo, non importava quanto lo percepissi in quel modo.

Lo aveva già chiarito.

Non importava che questo improbabile scenario squilibrato potesse effettivamente essere la mia relazione più sana. Perché Armando mi vedeva e non si tirava indietro. E questa era la cosa più terrificante di tutte.

Salii sul furgone e guidai verso casa, le dita strette sul volante mentre navigavo nel traffico cittadino. Mi ci volle un'eternità per trovare un parcheggio, perché ero tornata a casa tardissimo, ma alla fine beccai qualcuno che usciva e feci avanti e indietro trenta o quaranta volte per far entrare il furgone gigante in quel piccolo posto.

Quando salii nel mio appartamento, esitai fuori dalla porta.

Sentii la TV.

Lo stomaco iniziò a fare capriole in uno strano mix di euforia e incazzatura. Aprii la porta e trovai Armando sul divano, con i piedi sul tavolino, che guardava la TV. Buttai la borsa sul tavolo e chiusi la porta. «Sei qui.»

«Ehi.» Sfoggiava la sua maschera inespressiva che in quel momento mi fece venir voglia di prenderlo a calci negli stinchi.

Mi diressi in cucina. C'erano scatole di cibo cinese aperte sul ripiano e sembrava che avesse già mangiato.

Era uno di quei momenti in cui sapevo che stavo reagendo in modo eccessivo, sapevo di essere appiccicosa e strana, ma non riuscivo a fermare il naufragio delle emozioni meschine che mi attraversavano. Misi un po' di cibo in una ciotola, presi una forchetta e poi mi girai, mangiando in piedi.

«Dunque, non ho mai accettato di avere solo un coinquilino permanente» dissi.

Si comportò in modo disinvolto, indifferente. Sembrava una dichiarazione legittima.

Prese il telecomando e tolse l'audio della televisione, quindi distese il suo grande corpo per alzarsi. La sua posizione rilassata sul divano era ingannevole. Ora era improvvisamente imponente, sia per le dimensioni che per il suo comportamento da non-crearmi-problemi.

Venne verso di me, un cipiglio sul viso.

Dovetti sforzarmi di mantenere la mia posizione e non sottrarmi alla sua intensità.

«Vuoi che trovi un altro posto dove andare?»

Il mio stomaco sprofondò. Questa era la cosa ironica delle relazioni: respingevi quando in realtà volevi di più. Posai la ciotola sul tavolo. Spinsi il mento in avanti e alzai le spalle.

Si avvicinò, torreggiando su di me, ma senza toccarmi. Volevo che mi toccasse, che mi gestisse in quel modo ruvido e prepotente che aveva, ma non lo fece. «Sì o no?» Il suo tono era completamente autoritario, esigeva la mia risposta.

Deglutii e scossi la testa, voltandomi.

Mi prese per un braccio e mi tirò indietro. «Che c'è?»

«Niente» scattai, ora infastidita.

«Dimmi.»

Forse non volevo essere gestita perché avrei preferito sicuramente voltargli le spalle a quel punto. Il collo e il petto mi si arrossarono per il calore. Scossi di nuovo la testa e distolsi lo sguardo. «Non lo so.»

«*Cazzate.*»

Armando aveva un modo di dire *cazzate* che colpiva come un pugno. Era un assalto ai miei sensi e lo sentivo ovunque. Quando sussultai, mi tirò ancora più forte, proprio contro il suo corpo. «Non dire che non sai quando lo sai. Perché ce l'hai con me?»

Trattenni le lacrime. Accidenti a loro! Accidenti a lui! Accidenti a me. Ero così ridicola!

Mi cinse la schiena con un braccio e con la mano libera mi scostò i riccioli dal viso. «Cosa ho fatto?» lo chiese più dolcemente.

«Mi dispiace» deglutii e poi mi rimproverai per essermi scusata. «Sono una stupida. Lasciamo perdere.»

Non si mosse, si limitò a fissarmi. «Non lasceremo perdere. Dillo e basta.»

Alzai le spalle, sconfitta. Era così dannatamente imbarazzante, ma lo ammisi. «Potresti comunicare un po' di più. Sai, tipo chiamarmi per farmi sapere che verrai qui invece che al negozio?»

Sì, sembravo appiccicosa. La sua espressione divenne vacua, mi lasciò e fece un passo indietro, proprio come mi aspettavo.

«Te l'ho detto... sono stupida. Non sei il mio ragazzo.» Alzai le braccia in aria. «Non so cosa diavolo sei, ma di certo non sei quello.» Presi di nuovo la mia ciotola e girai intorno ad Armando, che se ne stava lì come una statua di pietra. Mi lasciai cadere sul divano e alzai di nuovo il volume.

Armando non si mosse. Anche se stavo fissando lo schermo della TV, in realtà non vedevo nulla. Tutto quello che potevo fare era sforzarmi di mandare giù l'emozione che sentivo in gola. Adesso se ne sarebbe andato, e in fondo andava bene. Era ciò che doveva accadere. Perché prima lo portavo fuori di qui, prima avrei smesso di preoccuparmene.

Andò verso la porta ma si fermò e restò lì, a guardarla. Quando si voltò, gli lanciai un'occhiata. «Non posso essere il tuo ragazzo, Hannah.» Sembrava vecchio. Esausto.

Rabbrividii. Non volevo sentirlo. Sicuramente non volevo sentire questo.

«Non ho niente da offrire. Sono fottutamente vuoto e morto e apparentemente a un centimetro dal fatto che qualcuno mi stacchi la testa.»

«Lo so» mi affrettai ad assecondarlo, volendo porre fine a questa conversazione. «Possiamo dimenticare tutto?»

«Sono uno stronzo a stare qui. So di essere uno stronzo a prendere da te quando non ho niente da dare.» Mi rivolse uno sguardo lungo e imperscrutabile. «Ma io non voglio andarmene.» Si infilò le mani in tasca.

Avevo lo stomaco in gola e non riuscivo a respirare. Non sapevo cosa dire.

Lui alzò le spalle. «Se vuoi che me vada, lo farò. Devi solo dirlo. La scelta è tua.»

Come una stupida, mi alzai e mi precipitai da lui, avvolgendogli le braccia intorno alla vita e premendogli il viso contro il petto. Le sue braccia mi circondarono, forti e protettive. Questo ragazzo avrebbe ucciso per me in un batter d'occhio. Lo sapevo già. La lealtà era la sua priorità e io ero sotto la sua protezione.

«Non voglio che tu vada», ammisi. La pancia mi tremò cercando di trattenere un singhiozzo.

Fece scivolare la mano tra i miei ricci e mi massaggiò la nuca. «Piangi per me, Fiori» mormorò, appoggiando il mento sulla mia testa.

Singhiozzai un po' sulla sua camicia. «È così sbagliato.»

«Forse mi sveglierò» mormorò. «Forse mi sveglierò e sarò il tuo principe.»

Il mio principe. Era già il mio principe. Forse non voleva dire molto, forse era solo la prova che non avevo frequentato uomini decenti. O forse *desideravo* solo disperatamente che fosse il mio principe. Volevo credere che ci fosse un lieto fine per noi due. Che l'amore avrebbe superato tutto e tutte quelle storie lì.

Ma per ora mi bastava. Sapere che *voleva* svegliarsi ed essere il mio principe era tutto.

E lo amavo anche per aver accettato le mie lacrime. Non mi aveva mai detto, nemmeno una volta, di non piangere, e mi era stato detto per tutta la mia dannata vita da quasi tutti quelli con cui avevo avuto a che fare.

Armando mi diceva di piangere di più. Di piangere per lui. Di piangere le sue lacrime.

Lo rendeva quasi un tributo. Dava alle lacrime un significato. Le faceva passare attraverso di me più facilmente. Mi asciugai le guance con le dita. «Cosa stai guardando?» dissi per riportare le cose alla normalità.

«Vecchi episodi di *Parks 'n Rec*. Vieni qui.» Mi prese la mano e la ciotola del cibo e mi trascinò sul divano. «Cosa vuoi vedere?»

Mi rannicchiai accanto a lui e mi mise un braccio intorno alle spalle, stringendomi al suo fianco mentre apriva Netflix e scorreva tra i suggerimenti del mio account.

«Una vedova allegra...ma non troppo» sbottai, poi me ne pentii perché ora avrebbe pensato che volessi sposarlo. Ero sicura che il mio subconscio l'avesse prodotto perché avevo rimuginato sulle conseguenze di frequentare un mafioso.

«Oh Cristo» mormorò, ma lo cercò.

«Non dobbiamo guardarlo per forza» feci marcia indietro.

«No, è divertente. E Michelle Pfeiffer è sexy. Basta che non mi chieda se qualcosa di quello che vedi è verosimile.»

«Non lo farò» promisi, anche se sapevo di volerlo fare. Volevo sapere tutto quello che c'era da sapere.

E ancora di più perché non voleva dirmelo. Ma mi piaceva anche che mantenesse le linee così chiare.

Shadow miagolò e saltò sul divano, poi si rannicchiò prontamente in grembo ad Armando mentre lui avviava il film. Posò il telecomando e strofinò il muso di Shadow.

«Ciao, bello» disse mentre Shadow iniziava a fare le fusa rumorosamente. «Sei il gatto più figo, lo sai?»

Sorrisi e mi unii alle carezze a Shadow. «Scusa se sono stata stronza.»

«Non scusarti.» Mi baciò la sommità della testa come un vero fidanzato. «Ti ho rovinato la vita, lo so.» Abbassò la testa e mi sfiorò le labbra con le sue. «Apprezzo che tu mi abbia permesso di restare qui.»

Era proprio così, lo perdonavo per tutto.

Capitolo tredici

rmando

I giorni successivi, fui più bravo a comunicare con Hannah. Le mandavo un messaggio alla fine della giornata per dirle quando e dove l'avrei incontrata. O cosa c'è per cena. Ero stato uno stronzo quella notte in cui mi aveva chiamato, e mi ero meritato una lavata di capo. Ma Hannah mi aveva graziato, e per questo la apprezzavo ancora di più.

Non mi avrebbe mica ucciso trattarla come la regina che era. Almeno per ora, mentre eravamo in questa situazione. Non era una relazione perché c'era una scadenza. Dovevo scoprire chi mi volesse morto, liberarmene e poi sarei potuto tornare a casa mia.

Avrei voluto avere qualcosa di più da offrirle, ma non potevo. Non avevo niente per nessuno a questo punto. Non ero adatto a nessun tipo di relazione.

Mi fermai all'obitorio mentre andavo da Hannah. Avevo chiamato mia madre in Arizona per chiederglielo, e lei mi aveva dato il nome: Angel's Wings, gestito da un ragazzo di nome Angelo. Ovviamente era italiano. Don G non avrebbe mai affidato i suoi affari altrove se c'era un *compaesano* disponibile. Inoltre, immaginavo che ci fossero dei vantaggi nell'avere un becchino a disposizione. Per nascondere prove o cose del genere.

Mi feci strada nel tranquillo salotto. C'erano candele accese davanti a una croce e opuscoli sul lutto. Una donna sulla trentina con un vestito blu di buon gusto uscì per salutarmi. Chissà se era imparentata con Angelo. Questo non sembrava il tipo di attività in cui si assumevano estranei. Nessuno voleva lavorare in un obitorio, giusto?

«Benvenuto.» La sua voce era sommessa e rispettosa, come se fossimo in una chiesa. «Come posso aiutarla?»

«Sono qui per vedere Angelo. Gli dica che sono Mando, il nipote di don Pachino.»

Vidi che aveva capito e un bagliore di curiosità le illuminò gli occhi. Sicuramente era un business a gestione famigliare. Non era solo una receptionist, conosceva l'organizzazione.

«Certo» disse dolcemente. «Gli farò sapere che è qui.»

Pochi istanti dopo, un uomo basso e stempiato sulla sessantina uscì da una stanza in fondo al corridoio, tirando i risvolti della giacca del completo per chiuderla intorno al ventre sporgente. Mi tese la mano come se fossi un vecchio amico. «Mando, cosa posso fare per te?»

«Sì. Possiamo parlare in privato?» Alzai il mento verso il suo ufficio.

Vacillò solo per un secondo. Era un po' nervoso, ma dubitavo che avesse fatto qualcosa che giustificasse la paura della Famiglia. Il saluto era stato caloroso, solo perplesso. «Certo, andiamo.»

Lo seguii e mi sedetti di fronte alla sua scrivania mentre raddrizzava una pila di fogli. «So che il tuo è l'obitorio preferito dalla mia famiglia, quindi grazie per il servizio che hai svolto in questi anni.» Ero fottutamente arrugginito a oliare gli ingranaggi, davvero arrugginito. Ma lo stavo facendo per Hannah, quindi avrei fatto in modo che funzionasse.

Angelo scosse la testa, ancora preoccupato. «Certo, qualsiasi cosa per don Pachino e i suoi familiari.»

«Andrò dritto al punto. Ordini corone di fiori? Quando le persone non hanno il proprio fiorista o non vogliono farlo da sole?»

«Sì.» rispose con fare interrogativo.

Spinsi una pila di bigliettini di Hannah sulla scrivania. «Vorrei che li ordinassi da questa attività, come favore personale.» Toccai la pila. Era così che si facevano affari all'interno della *Famiglia*. Non chiedevamo, dicevamo. Ma poi lo chiamavamo *favore*.

Stava a lui, se voleva, chiedersi se dovesse farlo o se si trattava di una richiesta educata.

No, fanculo. Anche le richieste educate venivano assecondate quando si aveva a che fare con i Pachino.

Mi chiesi se Don G si sarebbe incazzato per il fatto che avevo usato il suo nome per aiutare la ragazza che mi stavo scopando. Forse solo un po'. Se si fosse incazzato, mi sarei assunto la responsabilità. Prima di entrare non avevo pensato che avrei dovuto elemosinare il suo permesso. Non stavo uccidendo nessuno qui. Stavo solo facendo un affare.

Angelo prese uno dei bigliettini e lo guardò. «Ne sarei felice.»

Ecco. Facilissimo.

Mi alzai. «Lo apprezzo.» Gli strinsi la mano. «Mi farò vivo. Buona giornata.»

«*Buona giornata*» disse Angelo alle mie spalle.

Non mi guardai indietro.

Quando tornai a casa - beh, a casa di Hannah, ma ora sembrava molto più mia di quel fottuto appartamento vuoto con tutta la mia vecchia merda a cui non potevo tornare - la trovai sotto la doccia.

Mi spogliai e mi unii a lei per un'altra scopata.

Perché mettere il mio cazzo in Hannah era praticamente l'unica cosa per cui valeva la pena vivere a questo punto.

«Ehi» disse, invitandomi a unirmi a lei.

Non ero dell'umore giusto per parlare. Oggi avevo detto più parole di quante non volessi. In questo momento, avevo un solo obiettivo in mente. Feci girare Hannah, che posò i palmi sulle piastrelle della doccia.

«Metti il culo in fuori» le dissi.

Hannah fece come le era stato detto, sapendo che mi piaceva quando si sottometteva in questo modo.

Era così bagnata che il mio cazzo le scivolò dentro con facilità.

Il calore dell'acqua ci eccitò e scopammo con spericolato abbandono. Emetteva dei piccoli lamenti, e i gemiti diventavano forti quando la speronavo con il cazzo.

«Cazzo sì» ringhiai. «Proprio così.»

L'acqua si abbatteva sui nostri corpi intrecciati, i capelli arruffati le cadevano sul viso, mentre le stringevo forte i fianchi con le mani.

«Più forte» chiese. «Dammelo più forte.»

La compiacqui e i suoi gemiti divennero così forti da sembrare quasi urla.

Le stavo sbattendo contro, ed era così fottutamente eccitante.

Volevo venirle su tutto il culo. Feci scorrere la mano per esplorare tra le sue gambe e giocare con il clitoride.

«Fanculo. Oh, cazzo. Oh, cazzo» gridò, più forte che mai.

Le sculacciai il culo, andando più in profondità ad ogni spinta.

Era animalesco. Primordiale. E lo adoravo, cazzo.

«Ti piace quando ti sculaccio, ragazzaccia?»

Spinse fuori il culo e lo dimenò. «Sì.»

La sculacciai ancora e ancora. «Questo è quello che mi piace sentire.»

«Brucia con l'acqua» disse con un gemito.

La colpii più forte. «Bene.»

La strinsi e le sculacciai la figa. Lei strillò e sentii la figa stringersi attorno al mio cazzo.

«Di chi è questa figa?» chiesi mentre le sculacciavo di nuovo la figa.

Lei miagolò: «Tua. È tua.»

La sculacciai di nuovo. «Non dimenticarlo mai.»

Le scostai i capelli dal viso e la guardai negli occhi mentre pompavo dentro di lei.

Era così sexy.

Il suo viso era teso. Il corpo rigido per il piacere che le stavo dando.

Rientrai dentro di lei e lei urlò mentre veniva sul mio cazzo.

Mi allontanai da lei e collassammo entrambi contro la parete della doccia.

L'acqua calda continuava a picchiettarci addosso e ci faceva stare così fottutamente bene.

Mi staccai da lei e sorrisi.

«Perché mi guardi così?» chiese lei.

«Sei mia» le dissi. Almeno per ora. Proprio in questo momento. E mi sarei goduto ogni cazzo di minuto.

Lei sorrise e mi baciò.

«Sì. Sono tua.»

Capitolo quattordici

annah

«Sì, ci sarò» promisi a mia madre mentre mettevo insieme una ghirlanda per cavalli rossa, bianca e blu. Mary Alice organizzava questa serata ogni quattro di luglio facendo ghirlande per i cavalli della parata che si teneva in centro. Il vero schifo era che si era presa il loro deposito del cinquanta per cento prima di andarsene, quindi una volta pagato il costo dei fiori, non avrei guadagnato un dannato centesimo da questo affare. Ma speravo che avrebbero ordinato di nuovo l'anno prossimo.

«Ci sei mancata la scorsa settimana» si lamentò mia madre. Era seccata perché non ero andata a cena domenica scorsa. Odiavo l'idea di dovermi obbligare ad andare questa domenica: avrei preferito stare con Armando, e dubitavo che si sarebbe avvicinato alla casa dei miei genitori, ma era impossibile scoraggiare mia madre.

«Tuo padre ha fatto delle analisi. Ha il colesterolo e la pressione sanguigna alti» mi disse. «Stanno facendo degli esami sul suo cuore.»

«Qualcosa di cui dovrei preoccuparmi?»

«Be', aveva l'affanno. Ma l'ho portato da un bravo specialista.» Mia madre era un'infermiera in uno studio pediatrico, quindi conosceva tutti i migliori medici di Chicago.

«Magari è solo perché ha cinquantacinque anni ed è fuori forma» dissi seccamente.

«Non è così fuori forma. Tuo padre è ancora tonico.»

«Muscoli tonici con una pancia da birra» sottolineai, ma mia madre aveva ragione. Mio padre lavorava sodo e il suo corpo era in forma migliore della maggior parte degli uomini della sua età.

«Allora, che mi racconti di nuovo?» chiese mia madre.

Mi morsi il labbro, chiedendomi se avrei dovuto dirle di Armando. Odiavo nasconderle le cose, ma cosa dovevo dire? *C'è questo mafioso che si nasconde nel mio appartamento e non può andarsene perché anche la mia vita potrebbe essere in pericolo?*

«Mary Alice mi sta concedendo una pausa dai pagamenti per un paio di mesi, così posso ravvivare gli affari.»

Grazie ad Armando che mi aveva fatto rinegoziare.

«Hai problemi?» La voce di mia madre si fece tesa e preoccupata. I miei genitori erano sempre stati preoccupati all'idea che rilevassi l'attività. Mi avevano aiutato a mettere insieme un acconto e avrebbero voluto aiutarmi di più, ma la mia sorellina, Kiana, era alla SIU e le tasse universitarie li stavano soffocando.

«No, penso che andrà bene.» Non ero certa se fosse vero o no, ma sicuramente sembrava più vero di quanto non fosse stato una settimana fa. Ma in fondo, tutto sembrava più facile con Armando nei paraggi.

Fanculo, dovevo dirglielo. «Sto uscendo con un ragazzo.»

«Davvero? Portalo domenica!» esclamò mia madre.

«Ehm, no, mamma. È troppo presto per quello. Ed è un po' asociale al momento.»

«Cosa intendi per asociale?» chiese sospettosa.

Espirai, intrecciando un altro fiore nella rete. «Non lo so. Ha un disturbo da stress post-traumatico in corso. Dice che non sente niente.»

«È un militare?» chiese mia madre.

«Non esattamente. Ma è una cosa del genere. Non voglio raccontare la sua storia senza il suo permesso.»

«Bene» disse lentamente mia madre. «Sembra che la chimica del suo cervello sia inattiva. Dovresti fargli controllare i livelli dei suoi neurotrasmettitori.»

Era così ovvio che mi chiesi perché non avevo dato una spiegazione scientifica al malessere di Armando. Ovviamente era una questione di chimica del cervello. La depressione probabilmente era iniziata in prigione e il cambiamento nei livelli dei neurotrasmettitori non sarebbe tornata indietro all'istante solo perché adesso era fuori. Aveva perfettamente senso. Non ero sicura che fosse il tipo di persona che avrei potuto convincere a fare le analisi o a farsi aiutare, però.

Eppure, l'idea mi aveva fatto sentire meglio. Sembrava che Armando pensasse di avere una sorta di difetto fatale. Di essere senz'anima. Come se fosse morto dentro e niente lo avrebbe più riportato indietro. Forse sapere che si trattava solo di neurochimica lo avrebbe aiutato.

«»Grazie mamma, gliene parlerò. Questa è una buona idea.»

«Bene, se vuole venire domenica, è il benvenuto. E non ne faremo un grosso problema.»

«Non se ne parla, mamma. Ci vediamo domenica.»

«Va bene, tesoro. Ti voglio bene.»

«Anch'io.»

Attaccai proprio mentre arrivava Josie, di nuovo in ritardo. Lo stomaco mi si contrasse come sempre quando c'era lei in questi giorni. La mia bellissima migliore amica che mi stava facendo disperare nel ruolo di dipendente. Pensai ad Armando. A cosa avrebbe detto. A come mi aveva esortata a mandare un messaggio a Mary Alice appena avevo preso una decisione. Mi si seccò la bocca al solo pensiero di cosa fare in questo caso.

«Josie» iniziai, la voce mi uscì come un guaito.

«Sì?» Infilò la borsetta dietro il bancone e si avvicinò.

«Possiamo parlare?» Le ali che mi sbattevano nel ventre si agitarono di più.

Ero sicura di aver percepito la stessa ansia che provavo io nella sua espressione.

Oh Dio. Non sapevo se sarei riuscita a farlo.

«Sai che ti voglio bene, vero?»

Si bloccò. Aveva un illuminante color bronzo sulla parte superiore degli zigomi e sulla fronte che la faceva sembrare una modella. In realtà non sapevo perché non lo fosse, a pensarci bene. Aveva la bellezza e l'altezza giuste.

«Sì.» La sua voce era calma. Al punto da sembrare spaventata.

Merda.

Anch'io avevo paura. Ecco perché avevo rimandato questo discorso per così tanto tempo. Non volevo perdere la mia migliore amica. Non volevo ferirla o offenderla. Ma se non avessi cambiato le cose, avrei finito per odiarla. Pensai ad Armando che mi aveva costretta a dire perché ero arrabbiata. Era stata una buona cosa. Forse lo sarebbe stato anche questo.

«Non so se il fatto che tu lavori qui sia la cosa migliore per la nostra amicizia.» Lo tirai fuori tutto d'un fiato, come l'aria che usciva da un palloncino.

Spalancò gli occhi. «Sì» disse, suonando un po' sorpresa.

Aprii la bocca, ma non uscì niente, principalmente perché ero stata presa alla sprovvista da lei, sì.

Fece scorrere l'unghia del pollice sulla superficie del banco da lavoro, con gli occhi bassi. «È da un po' che volevo parlartene.» La sua voce era bassa e dispiaciuta.

Sbattei le palpebre. «Davvero?»

Lei annuì. «Sì. Non volevo lasciarti nei guai, sai? Questo posto è tutto per te e stai lavorando così duramente. Non voglio abbandonarti, ma... il negozio di fiori non fa proprio per me. Voglio tornare all'interior design, ma non mi metterò mai in gioco se continuo a ripetermi che hai bisogno di me.»

Sentii il sollievo scorrermi dentro, mescolato a un po' di dolore. «Giusto. Mi stavi solo aiutando. Ovviamente questo non è il tuo futuro.»

«E tu stavi aiutando me» disse lei con fermezza. Era depressa dopo essere stata licenziata dal suo apprendistato quando le avevo offerto il lavoro. Era brava nel design d'interni. Avevo pensato che anche lei avrebbe adorato i fiori. Entrambe volevamo aiutarci a vicenda. Ma era probabile che questo lavoro la stesse trattenendo dai suoi sogni.

«Allora... troverai qualcos'altro?»

Annuì. «Se per te va bene. Mi dispiace, era da settimane che volevo parlartene, ma non mi è mai sembrato il momento giusto. Ho avuto lo stomaco sottosopra ogni volta che sono stata qui.»

«Oh mio Dio» scoppiai in una risata. «Era per te!» Mi strofinai la pancia e all'improvviso, ora che ne avevo identificato l'origine, la sensazione nervosa era sparita. «Stavo sentendo quello che provavi tu!»

Josie scosse la testa. «Sei così strana. Strana stile fanta-scienza.»

«Lo so. Tipo da Star Trek: sono Gem, l'empatico che ruba il dolore degli altri. Solo che non lo tolgo davvero, lo sento anch'io. È un'abilità così inutile. Ad esempio, non sarebbe meglio essere in grado di vedere i fantasmi o predire il futuro o qualcosa del genere? Essere empatici non è un superpotere, è un handicap.»

Josie mi attirò per un abbraccio. «È un superpotere. Non hai ancora capito come usarlo. Quindi, cosa posso fare per aiutarti oggi?»

«Corone di fiori. Credo che Armando abbia ordinato all'obitorio di darmi del lavoro. Il tizio ha chiamato e ha detto che aveva deciso che il mio sarebbe stato il negozio di fiori con cui avrebbe avuto a che fare d'ora in poi.» Spalancai gli occhi e coprii l'espressione stupita volutamente esagerata.

«Dio mio! Accompagnarsi alla mafia ha i suoi vantaggi.»

«Non sono accompagnata. Ma ehm, sì. Lui fa accadere le cose, questo è sicuro.»

Josie fece schioccare la lingua. «Non ti avrei mai pensata con un ragazzo così, ma sai una cosa? Lo vedo che funziona.»

«Davvero?»

Lei alzò le spalle. «Sì. Insomma, gli italiani non dovrebbero essere tanto appassionati? E tu sei miss emotiva. Quindi funziona.»

Scossi la testa. «Lui non è affatto emotivo. È l'opposto, ma proprio l'opposto. Ma hai ragione. Forse è per questo che non gli importa delle mie emozioni eccessive. Ci è abituato.»

«O forse è davvero preso da te.» Josie inarcò le sopracciglia.

Toccai con il dito l'anellino di diamanti per il naso che

mi aveva comprato. «Non sembra. Ma non lo so. Immagino sia difficile dirlo con un ragazzo che non ha emozioni.»

«Se hai pianto e lui non si è tirato indietro, è preso da te. Fidati di me.»

Le rivolsi uno stupido sorriso felice, desiderosa di crederci. E anche così sollevata che avessimo messo in chiaro le cose.

Ero scaramantica, ma sembrava che la mia vita stesse effettivamente iniziando a funzionare. Stavo affrontando le questioni di lavoro. I problemi con la mia amica. Stavo facendo dell'ottimo sesso. Ero innamorata di un ragazzo che mi accettava per quello che ero e mi incoraggiava anche a essere qualcosa di più. C'erano problemi da risolvere, di sicuro. Ma la speranza stava penetrando da tutte le fessure.

Capitolo quindici

rmando
       Hannah si mise a cavalcioni sul mio culo, la figa bagnata scivolava sulla mia pelle e le sue mani scivolavano lentamente sulla mia schiena oliata, mentre mi faceva un massaggio.

Era difficile da sopportare. Non era per il sesso, l'avevo già scopata a fondo. L'avevo scopata fino a quando i vicini non avevano battuto contro il muro e avevo dovuto urlare loro un po' di merda per farli tacere.

Ma questo?

Era quasi una tortura. Non mi piaceva essere toccato.

Forse una volta sì... era difficile da dire. Era passato troppo tempo per ricordarlo. Mi era sempre piaciuto essere al comando, questo era certo. Ma ora era proprio difficile da accettare. Ma Hannah voleva farlo. Aveva fatto le cose per bene: era andata a prendere l'olio dal bagno, sembrava così soddisfatta di se stessa.

Quindi chiusi gli occhi e ascoltai. Ascoltai i suoi gemiti sommessi e ansimanti mentre appoggiava il peso sui pollici, sollevandomi i muscoli. Come se accarezzarmi il corpo la eccitasse. Mi immersi nell'attenzione che stava prestando al mio corpo, nel modo in cui trovava tutte le contratture e le trattava finché non si ammorbidivano.

E per tutto il tempo, continuai a chiedermi perché lo stava facendo. Perché *voleva* farlo.

«Cosa ti è mancato di più quando eri in prigione?» chiese. «Insomma, a parte la libertà?»

Oh Cristo. Avremmo davvero parlato di prigione ora?

Tutto il lavoro che avevo fatto - il lavoro che aveva fatto lei - per rilassare i miei muscoli andò a farsi benedire. Sentii il mio tono diventare di nuovo duro. Ero tentato di chiuderla. Bastava non rispondere o dirle che non volevo parlarne. Ma si stava impegnando così tanto in questo momento, che la sola idea mi faceva sentire uno stronzo. Quindi pensai alla domanda.

«Il sesso sarebbe la risposta facile. All'inizio mi mancava di più, prima che io...»

«Prima che tu cosa?» chiese dolcemente.

«Prima che cambiassi. Che perdessi i sentimenti. Sono usciti dal mio corpo.»

Le mani di Hannah continuarono ad accarezzarmi la schiena, attenuando le contratture da malcontento che emergevano mentre parlavo.

«Allora, cosa non vedevi l'ora di fare quando sei uscito?»

Ci pensai. Era soprattutto concentrato sulla libertà. Non volevo vedere nessuno. O nulla. «Il cibo, forse» ammisi. Era l'unica cosa che suonava anche lontanamente vera. «Gli ziti al forno di mia madre. I calzoni di Gio.»

«Ti piace il tuo cibo italiano.» Sentii un sorriso nella voce di Hannah. «Tutto quello che so cucinare sono gli spaghetti.»

Lo disse come se volesse cucinare per me, il che era davvero fottutamente dolce. Soprattutto considerando che non era una cuoca, per quanto ne sapevo. Non ero nemmeno sicuro che le piacesse molto il cibo.

«Erano i calzoni che hai ordinato la prima sera che sei stato qui?»

«Sì.»

«E gli ziti? Li hai già mangiati?»

«No. Ho mandato mia madre fuori città mentre sistemavo le cose qui. Non voglio che si faccia male.» Stavo parlando di affari con Hannah, una cosa che non avrei mai dovuto fare.

Ma sembrava giusto. Come se si meritasse di sapere queste cose su di me.

«Le sei legato?»

«Lo ero prima, sì. Lei è la migliore. Farebbe qualsiasi cosa per me, sai? Mio padre se ne è andato quando avevo otto anni, quindi siamo sempre stati solo io e lei.»

«E sei entrato nell'organizzazione per aiutarla, sostenerla?» Fece scivolare le mani lungo le mie spalle, massaggiando i muscoli degli avambracci.

Aspettai un attimo, sapendo che non avrei dovuto discutere di queste stronzate con lei. «Sì» dissi alla fine. «Sua sorella è sposata con il don. Quindi ero considerato di famiglia e mi è stata fatta l'offerta di un lavoro. A me, Marco e Leo. Sono cugini da parte di mia madre. Siamo entrati tutti insieme. Adesso sono come fratelli per me, come sai.»

Hannah canticchiò dolcemente e continuò a massaggiarmi i muscoli.

«Perché stai facendo tutto questo?»

«Che cosa?»

«Il massaggio? Le domande?»

Rimase in silenzio, e pensai di aver fatto una domanda da cazzone, e non volesse rispondere. Poi disse: «Voglio solo farti stare bene. Come tu fai con me.»

Voleva farmi stare bene. Non aveva nessun obiettivo in mente oltre a quello. Nemmeno un orgasmo. Non aveva mai un secondo fine.

Quella consapevolezza mi smosse qualcosa. Si aprì una fessura nell'involucro di metallo attorno al mio petto. Lentamente, per dei lunghi minuti, mi lasciai andare. Lasciai che mi desse quello che voleva, come voleva.

E poi mi girai e la fissai. Lei ricambiò lo sguardo, le sue mani unte scorrevano sui miei pettorali, lungo la parte anteriore delle mie spalle. E per tutto il tempo, fissai i suoi caldi occhi castani.

«Sei bellissima» mormorai.

C'era qualcosa di più profondo del sesso. Molto più profondo. Questa... questa era fottuta intimità. E dovevo sentire qualcosa. Non era niente di enorme. Sconforto. Un leggero tremolio. Una pienezza nel mio petto.

Della connessione.

Questo era quello che sentivo.

Ero bloccato e irretito in Hannah. Raggiunsi il suo viso e misi la mano sulla sua guancia. Le afferrai la testa e la girai sulla schiena, scambiandoci di posizione. Sentivo il bisogno di andarci pesante, come facevamo sempre, ma tenni il desiderio a freno. Continuai a fissarla. A tenere viva la connessione. La baciai come se fosse la cosa più importante. Non come se pensassi che sarei morto se non lo avessi fatto, ed era così che mi sentivo di solito quando la toccavo. Questa volta ci andai più leggero. Ascoltai lo spazio tra di noi. Intorno a noi. In noi. Le mie labbra scivolarono sulle sue, in modo sensuale. Erotico ma non lussurioso. La mia lingua le scivolò in bocca, le nostre labbra si attorcigliarono.

Ce l'avevo di nuovo duro e non sopportavo l'idea di mettermi il preservativo. Era come se non volessi barriere tra di noi in questo momento.

Le divaricai le gambe e spinsi dentro. «Mi tirerò fuori» promisi. «Voglio sentirti. Va bene?»

C'era così tanta fiducia nel suo sguardo mentre annuiva, gli occhi che brillavano come se fossi tutto il suo mondo in questo momento. Scivolai dentro e fuori da lei lentamente, senza cercare un ritmo, assaporando solo ogni singola sensazione. Questo doveva essere amore. Se solo avessi potuto sentirlo, questo avrebbe dovuto essere ciò che faceva credere alle persone di essere innamorate.

La presenza.

La baciai di nuovo, come se fosse il nostro primo bacio. Come se fossi il tipo di ragazzo che ci andava piano e mostrava un po' di finezza.

Alla fine costruimmo un crescendo, e mi sentii così bloccato nel suo sguardo che quasi dimenticai di tirarmi fuori e venire sulla sua pancia.

E questo mi sembrò sbagliato. Come se avessi dovuto assolutamente rientrare dentro di lei. Mi appoggiai sugli avambracci e continuai a fissarla finché quei caldi occhi castani non si riempirono di lacrime. Lei ricambiò lo sguardo, lasciandole uscire dai lati degli occhi e cadere sul cuscino sotto di lei, senza nascondersi o farsi piccola.

Per dare a me quelle lacrime, per offrirmele.

Se solo avessi potuto capire cosa farne.

Ma sentivo di poterlo fare. Di esserci vicino.

Sentivo che qualcosa in me stava cambiando. Qualche intrappolata frazione di umanità stava trovando il modo di liberarsi.

Ogni notte con Hannah mi ci portava più vicino.

Capitolo sedici

annah
Non potevo fare a meno di sentirmi allegra mentre pianificavo l'appuntamento a sorpresa alla cascata. Il battito cardiaco mi accelerò per l'anticipazione, sperando che l'ambiente sereno potesse essere esattamente ciò di cui Armando aveva bisogno per rilassarsi e aprirsi con me. Inoltre, avevo un disperato bisogno di una pausa dalla costante routine che mi portava a preoccuparmi continuamente per il Giardino dell'Eden. Entrambi meritavamo questo momento di tregua.

«Armando.» La voce mi tremò leggermente per l'eccitazione. «Ho una sorpresa per te.»

Alzò un sopracciglio, la sua espressione era imperscrutabile. «Che cos'è?»

Andai verso di lui, accarezzandogli gli addominali duri come la roccia. «Se te lo dicessi, non sarebbe una sorpresa.»

Esitò. «Le sorprese... potrebbero non essere una buona idea per me in questo momento. Considerando la mia situazione.»

Mi aspettavo questo tipo di risposta. Non mi scoraggiò,

però. Ero determinata a portare un po' di luce nella sua vita, anche se ciò significava abbattere quei muri che si era costruito intorno.

«Capisco la tua situazione, ma prometto che questo non ci metterà in pericolo. Ecco» gli lanciai le chiavi «puoi guidare tu.» Speravo che dargli la giusta dose di controllo fosse sufficiente per convincerlo a venire con me.

Gli angoli delle sue labbra si inclinarono leggermente verso l'alto. «Va bene, Fiori. Se posso guidare.» Mi tese una mano e io la presi mentre lasciavamo l'appartamento e ci dirigevamo verso il furgone.

Rimase guardingo, tuttavia, mentre ci dirigevamo verso la destinazione sconosciuta. Ero consapevole che il peso del suo passato e i pericoli che ancora si nascondevano nell'ombra non lasciavano mai la sua mente. Ma ero deciso a sfondare il muro che aveva costruito per proteggersi.

«Hai intenzione di darmi qualche indizio?» chiese infine, lanciandomi un'occhiata mentre guidava.

Stavo praticamente saltando sul mio sedile, sforzandomi di non spifferare cosa sarebbe successo. Non ero mai stata brava con i segreti. «No!» Ridacchiai, scuotendo la testa. «Dovrai solo aspettare e vedere.»

Emise un sospiro quasi impercettibile. «Bene» ammise, accennando un sorriso che gli tirò l'angolo delle labbra. «Ma è meglio che rimanga impressionato.»

Non riuscii a contenere la mia felicità quando notai il sorriso di Armando. Era minimo, ma c'era, e mi sembrò una vittoria. Ci stavamo avvicinando alla cascata, un piccolo segreto nascosto appena fuori dai confini della città di Chicago, e la mia eccitazione cresceva a ogni chilometro che facevamo. Non andavo in quel posto da secoli e mi chiesi perché, mentre ci allontanavamo sempre di più dalla città.

«Ci siamo quasi.» Praticamente saltavo sul sedile. «Meno di trenta minuti, lo prometto.»

Armando scosse la testa, ma c'era un'espressione divertita nei suoi occhi. La luce del sole stava iniziando a sfondare la resistenza della sua aria scontrosa. Il mio piano avrebbe potuto funzionare.

Lo diressi sul posto. Il suono dell'acqua che scrosciava riempiva l'aria quando finalmente scendemmo dal furgone. La lussureggiante foresta che ci circondava sembrava un mondo segreto che aspettava solo di essere esplorato.

«Ti sembro il tipo da escursionismo?» mi stuzzicò, ma si vedeva che era felice.

«Non è lontano. Dai» dissi, afferrando la mano di Armando e conducendolo lungo il sentiero battuto verso la cascata. «Ti piacerà qui.»

Mentre ci avvicinavamo all'acqua scrosciante, scrutò ciò che ci circondava, osservando la vegetazione vibrante e i delicati fiori di campo che fiancheggiavano il sentiero. Mi sembrò il momento perfetto per condividere con lui un pezzo del mio passato.

«Venivo sempre qui quando ero bambina» confessai, sentendomi un po' vulnerabile mentre mi aprivo con lui. «Era una pausa necessaria dal chiasso e dall'ottusità della città. È qui che mi sono innamorata per la prima volta di fiori e fogliame. Ho sempre saputo che dovevo lavorare tenendo colore e cose belle intorno a me.

«Non sono mai stato un tipo da natura.» Si avvicinò e mi abbracciò. «Ma ora lo sono.» Mi baciò la mascella. «O almeno, sono un grande fan dei fiori.»

Risi.

«Sì, ho tutto il colore e le cose belle di cui ho bisogno semplicemente stando con te.»

Quasi mi si fermò il cuore per la sensazione di vittoria.

Armando si stava ammorbidendo. Aprendo. Lo sentii dalla fermezza del suo abbraccio. Lo sentii nelle sue parole. E lo vidi mentre mi guardava negli occhi.

Fece un respiro profondo. «La prigione era... soffocante» iniziò, con la voce carica di emozione. «Tutto era grigio, dalle pareti, ai pavimenti, alle sbarre che mi tenevano in gabbia. Era difficile immaginare qualcos'altro.» Si chinò e mi diede un piccolo bacio sulle labbra. «Finora.»

Non riuscivo nemmeno a immaginare cosa doveva aver passato, ma apprezzavo la sua disponibilità ad aprirsi con me. Avevo così tante domande sul suo periodo in prigione, ma non le avrei mai fatte. Avrei semplicemente aspettato momenti come questo. Aspettando che mi offrisse di sua volontà la possibilità di dare una sbirciatina a quei momenti.

«Non ti merito» disse.

«Invece sì.» Lo baciai. «Sei la cosa migliore che mi sia capitata.»

«La mia vita...» Fece una pausa e si guardò intorno. Fece un cenno a ciò che lo circondava. «Questa non è mai stata la mia vita. Fiori e natura e... questa non era la mia vita.»

«Lo è adesso.» Lo trascinai verso la destinazione finale.

Mentre lo conducevo lungo la riva del fiume, il suono dell'acqua che scorreva e i delicati canti degli uccellini che riempivano l'aria. Il sole filtrava attraverso gli alberi, proiettando ombre screziate sul terreno sotto i nostri piedi.

Mentre continuavamo la nostra passeggiata, il mio piede scivolò su una roccia particolarmente scivolosa. Istintivamente, Armando allungò la mano e mi afferrò il braccio per sostenermi, assicurandosi che non perdessi l'equilibrio. Il suo tocco vigile mi trasmise una scossa di elettricità ma per quanto apprezzassi la sua protezione, volevo dimostrargli che ero capace anche di prendermi cura di me stessa. Delicatamente, allontanai la mano dalla sua presa e mi mossi tra le rocce da sola.

«Tutto ok?» La sua voce era roca. Il mio uomo duro. Tutto ringhi e brontolii.

«Va tutto bene» gli assicurai. «Voglio solo dimostrare a me stessa e a te che posso farcela da sola.»

Lui annuì, comprendendo in apparenza il mio bisogno di indipendenza, anche se riuscivo a cogliere la preoccupazione nei suoi occhi.

«Solo non rovinarti il culo, Fiori» disse, indietreggiando leggermente ma continuando a osservarmi attentamente. «Mi ci sono affezionato ultimamente.»

Il suono della cascata divenne più forte mentre ci inoltravamo lungo la riva del fiume, i suoi spruzzi nebbiosi creavano nell'aria una pioggerellina rinfrescante. Mentre superavamo una curva, apparve in piena vista la cascata, che scrosciava in una pozza cristallina sottostante.

«Wow» sospirai, colpita dalla bellezza della scena davanti a noi. «È ancora più sorprendente di quanto ricordassi. È passato troppo tempo dall'ultima volta che sono stata qui.»

Armando assaporò la serenità del luogo appartato. Il suo sguardo indugiò su di me per un momento, e vidi la tensione nelle sue spalle allentarsi leggermente. Sembrava quasi... rilassato.

«Chiudi gli occhi» lo istruii dolcemente, mettendogli una mano sul petto. Esitò ma alla fine obbedì, chiudendo le palpebre. Con l'altra mano raccolsi un fiore di campo da un cespuglio vicino e glielo avvicinai al naso, lasciandogli respirare il suo profumo delicato. «Lo senti?» chiesi dolcemente. «Questo è l'odore della felicità per me.»

Lentamente, aprì gli occhi, si chinò verso il mio collo e

inspirò profondamente. «Questo è l'odore della felicità per me.»

Mi attirò a sé e catturò le mie labbra in un bacio di fuoco. Infilò le mani tra i miei capelli, ancorandomi a lui mentre ci perdevamo l'uno nell'abbraccio dell'altra. Prendendomi tra le sue braccia, mi fece sdraiare su un morbido letto di muschio vicino al bordo della cascata. Le nostre labbra si incontrarono di nuovo, la passione tra di noi diventava più intensa di secondo in secondo.

Feci scorrere le mani sul suo petto, sentendo i muscoli definiti incresparsi sotto la sua camicia. Le mani di Armando vagavano sul mio corpo, tracciando le curve della mia figura. Inarcai la schiena contro di lui, un basso gemito mi sfuggì dalle labbra mentre premeva il suo corpo contro il mio.

Le sue labbra si staccarono dalle mie, lasciando una scia di dolci baci lungo il mio collo, facendomi venire i brividi lungo la schiena. Agganciò le dita alla cintura dei miei jeans, tirandoli giù per le gambe insieme alle mutandine. Gemetti mentre mi sfiorava l'interno coscia, il suo respiro caldo mi solleticava la pelle.

«Hannah» mi sembrò di sentirgli dire, al di sopra del suono della cascata.

Mi baciò di nuovo il corpo, le sue labbra incontrarono le mie ancora una volta. Sentivo il calore che emanava dal suo corpo, il rigonfiamento dei suoi pantaloni che mi premeva contro la coscia. Mi allungai per slacciargli i pantaloni, liberando la sua lunghezza indurita.

Lo attirai più vicino a me mentre i nostri corpi diventavano uno solo. L'eccitazione tra di noi era palpabile, il nostro desiderio aveva acceso un fuoco che ardeva ferocemente. Lo volevo, avevo bisogno di lui e lui lo sapeva. Le sue mani percorsero il mio corpo, trovando il punto giusto tra le mie gambe. Ansimai quando iniziò ad accarezzarmi, ogni tocco inviava onde d'urto di piacere attraverso il mio corpo.

Non credevo fosse mai possibile stancarsi di quest'uomo. Non avevo mai fatto così tanto sesso in vita mia ed ero avida di averne ancora.

Lui gemette mentre avvolgevo la mia mano intorno a lui, accarezzandolo lentamente. Mi baciò profondamente, la sua lingua si aggrovigliò con la mia mentre si posizionava al mio ingresso.

«Ti voglio.» La sua voce era roca di desiderio. «Non so se fosse questo il tuo intento portandomi qui. Ma non posso più resistere.»

Lentamente, si spinse dentro di me, la sua durezza mi riempì completamente. Gemetti forte mentre iniziava a spingere, ogni movimento mi portava sempre più vicina al baratro. Conficcai le unghie nella sua schiena, tenendolo stretto mentre i nostri corpi dondolavano insieme.

Sentivo di avvicinarmi al climax ogni secondo che passava. Tesi i muscoli e trattenni il respiro, cercando di trattenere l'estasi che sapevo essere all'orizzonte.

Il respiro di Armando era irregolare, il viso e il collo arrossati dalla passione. Ero sicura che si stesse avvicinando al rilascio, ma qualcosa lo tratteneva.

«Vieni insieme a me» gli sussurrai all'orecchio, stringendo le mie cosce contro di lui mentre premevo le labbra sulle sue.

Le mie parole sussurrate sembrarono spronarlo. Mi colpì più forte che mai, seppellendosi profondamente dentro di me. Gridai mentre sentivo un'ondata di piacere che si abbatteva su di me. I miei muscoli si contrassero quando sentii Armando sparare il suo seme dentro di me, tremando di piacere mentre raggiungeva l'orgasmo.

Si accasciò su di me, rubandomi il respiro dai polmoni. I

nostri corpi erano lucidi di sudore, ma non ci muovemmo. Restammo sdraiati insieme per qualche istante finché Armando finalmente si staccò da me. Mi baciò lentamente sulle labbra.

Non parlammo. Respirammo soltanto.

Mentre il sole iniziava a calare sotto l'orizzonte, proiettando il mondo intorno a noi in sfumature di oro e rosa, Armando e io ci separammo per un momento, i nostri sguardi si incrociarono. Lo sguardo nei suoi occhi mi disse tutto quello che avevo bisogno di sapere: era coinvolto tanto profondamente quanto me.

Capitolo diciassette

Armando

Parcheggiai in doppia fila il furgone e attivai il mio sensore per i pericoli. Era sabato ed eravamo in centro, perché Hannah doveva consegnare una dozzina di ghirlande per cavalli per la parata del 4 luglio. Era un fottuto zoo, ma la cosa non mi preoccupava. Mi piaceva l'energia della città, o almeno, mi piaceva quando la sentivo.

Ai tempi in cui non mi guardavo alle spalle ogni secondo.

Hannah ne era eccitata, di sicuro. Indossava un vestito bianco dannatamente sexy che faceva sembrare le sue tette quasi commestibili, ma ero pronto a tirare un pugno al primo ragazzo che le avesse guardate.

«Perché sei accigliato?» chiese con leggerezza, ammucchiando un'enorme pila di ghirlande tra le mie braccia in attesa.

«Niente» mormorai.

«Cazzate.»

Guardai Fiori perché non era da lei imprecare, e mi resi conto che mi stava imitando dall'altra sera. Sorrise.

«La tua fottuta scollatura» ammisi. «Ucciderò il primo stronzo che la guarderà. E poi dovrò tornare in prigione.»

Sorrise come se le avessi appena detto qualcosa di dolce. «No, non lo farai. Ti pavoneggerai perché questo» - indicò il suo corpo - «è qui con *te*.»

Accidenti. Fui un po' sorpreso dalla sensazione che provocò quella promessa. Forse stavo davvero riscoprendo i sentimenti, perché emerse un senso di approvazione quando lo disse.

Tipo, *dannatamente giusto*.

La inchiodai con uno sguardo. «Quello» - le diedi un'altra tastata - «è mio.»

Volevo solo chiarire le cose.

Inarcò le sopracciglia. «Oh veramente?»

Scossi la testa in segno di avvertimento. «Non ci provare. Sai quanto poco mi ci vorrebbe per spaccare la faccia a un ragazzo.»

Il suo sorriso si allargò mentre tirava fuori il resto delle ghirlande da portare da sola. Le piacevano i miei modi da stronzo.

Buon per me, immaginavo.

Ci facemmo strada tra la folla che si radunava. La sfilata non sarebbe iniziata prima di due ore, ma le strade erano già piene zeppe. Trovammo il gruppo che aveva ordinato le ghirlande e le lasciammo al responsabile.

«Vuoi restare e andare un po' in giro?» Il viso di Hannah risplendeva luminoso. La sua folle cortina di riccioli oscillava lungo la sua schiena mentre camminava, spazzandole il sedere ad ogni rotazione dei fianchi sexy. Era felice oggi, molto più leggera. Lei e la sua migliore amica Josie avevano parlato la scorsa settimana e Josie si era licenziata. Oppure

Hannah l'aveva licenziata. Ma erano in buoni rapporti e l'umore di Hannah si era risollevato di molto. Avrei dovuto sapere che quella relazione stava pesando su di lei con tutti gli altri problemi del negozio.

«Non devi tornare al negozio?»

Aveva lasciato Josie al comando oggi, il suo ultimo giorno di lavoro, ma sapevo che la sua amica non era del tutto affidabile.

«Potrei anche godermi l'aiuto finché ce l'ho» disse. «Lavorerò da sola per alcuni mesi mentre mi rimetto in sesto. Questa è la mia ultima possibilità di non lavorare di sabato.»

Le presi la mano e intrecciai le mie dita con le sue. Sentivo che un po' della sua gioia stava filtrando. Camminammo attraverso la folla che si stava radunando, il sole era caldo sulla mia testa e sulle mie spalle. Mi fermai da un Jamba Juice per comprarci dei frullati perché faceva troppo caldo. La musica risuonava dagli altoparlanti per le strade, la gente camminava con abiti rossi, bianchi e blu e pittura sul viso.

E poi incontrammo alcuni tizi sul marciapiede. Riconobbi i tatuaggi, ma abbassai la testa e continuai a camminare. Dopo pochi passi, lanciai un'occhiata di soppiatto indietro.

Cazzo.

Si erano fermati e mi stavano guardando.

Misi in mano a Hannah le chiavi del furgone. «Corri. Vai al furgone e aspettami. Se non mi faccio vedere entro venti minuti, torna a casa. Dimentica di avermi conosciuto.»

«Che cosa?» Il panico le divampò negli occhi, ma la spinsi in mezzo alla folla e iniziai a correre dall'altra parte, lungo un vicolo, pregando che non cercassero di andare verso Hannah per raggiungermi.

Non lo fecero. Tutti e tre si infilarono nel vicolo dietro di me.

Corsi a perdifiato, ma le mie capacità cardio al momento facevano schifo. Potevo anche essere stato in grado di mantenere il mio fisico con flessioni e addominali in galera, ma di certo non correvamo intorno al cortile della prigione.

Comunque, la mia fottuta vita dipendeva da questo. Lodai Gesù che non avevano pistole, o ero abbastanza sicuro che a questo punto mi sarei già ritrovato una pallottola nella schiena.

C'era una buona possibilità che potessi metterli fuori gioco tutti e tre. Dipendeva dal fatto che fossero armati o meno. Ma eravamo nel bel mezzo del centro con gente dappertutto, e di sicuro non volevano che i poliziotti fossero coinvolti in questa merda.

Corsi verso la stazione e riuscii a entrare e a pagare prima che salissero le scale. C'era un agente di sicurezza in piedi vicino alla sommità e io piazzai il sedere vicino a lui, chinandomi per fingere di allacciarmi la scarpa.

Si avvicinarono e si guardarono intorno, all'inizio non mi videro.

Il treno entrò rombando e le porte si aprirono. Mi mossi troppo velocemente, attirando la loro attenzione, e loro si precipitarono per salire sul mio stesso vagone. Cominciai a correre verso l'estremità opposta, guardandoli mentre si facevano largo tra la folla per raggiungermi. Nel momento in cui le porte iniziarono a chiudersi, saltai di nuovo fuori.

Uno di loro riuscì a scendere per seguirmi. Gli altri due indicarono e gridarono dal finestrino mentre il treno si allontanava.

Ero affannato per la corsa e il mio battito cardiaco era fuori controllo.

Fissai il tizio che era sceso e lui fissò me. Era solo un

ragazzo. Probabilmente avrei potuto sottometterlo. Non sembrava così coraggioso senza i suoi amici. Certo, forse avrei dovuto ucciderlo come avevo fatto con il sicario nel negozio di fiori. Ed eravamo in un luogo pubblico, il che significava che sarei finito dentro.

Sarei finito dentro di brutto.

Mi ricordai di Hannah.

Era la ragione per cui ero scappato in primo luogo. Per allontanarli da lei.

Lei era la ragione per cui non avevo rischiato. E adesso mi stava aspettando.

Partii, correndo giù per i gradini due alla volta e saltando gli ultimi quattro. Dovevo solo seminare questo ragazzo e arrivare a Hannah. Potevo farlo, anche se i miei polmoni mi davano già la sensazione di voler cedere.

Macinai le strade. Pensavo che il tizio della banda mi stesse seguendo, ma mi spinsi in mezzo alla folla e lo persi.

Corsi per otto isolati finché non vidi il furgone. Prima mi guardai intorno. In nessun modo avrei lasciato che qualcuno mi vedesse entrare se mi stavano ancora pedinando. Hannah era al volante e mise in moto non appena mi vide arrivare. Sembrava tutto sotto controllo. Saltai dentro e sbattei la portiera.

«Guida, Fiori. Più veloce che puoi.»

Lei annuì, le narici dilatate, gli occhi spalancati. Le sue mani tenevano il volante in una stretta mortale.

Mentre scendevamo lungo la strada, intravidi il tizio.

E fui abbastanza sicuro che mi avesse visto anche lui. Che avesse visto il furgone. Hannah, cazzo.

«Fanculo!» sbottai, sbattendo il palmo della mano sul cruscotto.

Hannah saltò. «Che c'è?»

Scossi la testa. Non volevo dirglielo, era già abbastanza

spaventata. «Va tutto bene. Me ne occuperò io» promisi, anche se non avevo la più pallida idea di come avrei fatto.

Tutto quello che sapevo era che nessuno se la sarebbe presa con Hannah. E mi sarei assicurato di rimanere in vita per mantenere quella promessa.

Capitolo diciotto

annah

H Il cuore mi palpitò per tutto il viaggio di ritorno verso casa. Armando peggiorava le cose non dicendo una parola, eppure il suo corpo era un filo sotto tensione, che riempiva il furgone di un'agitazione soffocante.

Non è una cosa mia, ricordai a me stessa, rammentando come l'ansia che avevo provato stando insieme a Josie fosse stata in realtà una cosa sua. *Non è una cosa mia. È sua.*

Tuttavia, l'uomo a cui tenevo profondamente, nonostante il mio desiderio di non farlo, veniva braccato come una preda, quindi eliminare la tensione era impossibile.

«Chi ti insegue, Armando? E perché?» Sapevo che non avrei dovuto chiederlo. Non parlava di affari, ma questa era la seconda volta che mi sentivo in pericolo di vita. Avevo il diritto di sapere.

Si strofinò la faccia. «Ho ucciso un tizio in prigione. Difesa personale.» Mi lanciò un'occhiata cupa, come se fosse preoccupato per la mia reazione alle sue parole.

Annuii. In realtà non ero sioccata. Sapevo che lì gli erano successe cose brutte.

«Era un membro di una banda. Ora stanno cercando di uccidermi.»

No! Urlò una voce dentro la mia testa. Anche se sapevo che qualcuno stava cercando di uccidere Armando, sentirmelo dire mi faceva venire voglia di infuriarmi per lui. Era un bravo ragazzo. Aveva una bussola morale. Seguiva un codice. Era stato coinvolto in affari pericolosi fin dalla giovane età, ma non era colpa sua. Stava facendo del suo meglio con ciò che la vita gli aveva riservato.

E volevo davvero che la vita gli concedesse una pausa per un cambiamento.

Trovai un parcheggio proprio quando chiamò mia madre. Dovevo andare da lei domani a cena, quindi la ignorai. Non appena smise di squillare, chiamò di nuovo.

Parcheggiai il furgone e risposi.

«Hannah, è per tuo padre» disse con voce tesa. «Ho dovuto chiamare un'ambulanza, e la sto seguendo proprio adesso.»

«Che cosa?» Un singhiozzo mi soffocò la voce. Questa giornata poteva ancora peggiorare? «Cosa è successo?»

Armando si irrigidì per il terrore nella mia voce, i suoi occhi fissi sul mio viso.

«Ha avuto un infarto, ma ho continuato a fare le compressioni toraciche finché non sono arrivati i paramedici. Penso che starà bene, ma dobbiamo aspettare e vedere.»

«Quale ospedale?» riuscii a chiederle.

«Al Cook County.»

«Va bene» dissi con voce strozzata. «Ti raggiungo.»

«Grazie tesoro. Chiamami quando arrivi.»

116

«Che è successo?» chiese Armando non appena attaccai.

«Mio padre.» Le lacrime mi scesero sulle guance. «Ha avuto un infarto.»

«Va bene» disse piano Armando, aprendo la portiera. «Guido io, *Bambi*.»

Non avevo idea del perché mi avesse chiamata Bambi, ma non ebbi la presenza di spirito per chiederlo. Quasi caddi giù dal posto di guida e lasciai che mi afferrasse mentre scendevo. Mi strinse in un forte abbraccio.

Io assorbii tutta la sua forza e il suo potere. Il suo sostegno.

Andammo in ospedale in silenzio, mentre io mi tormentavo un'unghia fino a farla sanguinare. Armando mi lanciava delle occhiate preoccupate. C'era qualcuno che cercava di ucciderlo, ma era più preoccupato per me.

Trovammo mia madre nella sala d'attesa e dovetti presentarle Armando, ma tutto si confuse. Mentre ci sedevamo ad aspettare, iniziai a capire la vacuità di Armando.

Si fece strada una sorta di intorpidimento. Bloccai la paura e al suo posto non trovai nulla. Un totale vuoto di sentimenti.

Sentivo dei rumori - la televisione, la gente che parlava - ma non significavano niente. Sentivo la mano di Armando stringere la mia, ma non riuscivo a ricavarne gratitudine e nemmeno conforto.

Non sapevo per quanto tempo aspettammo così, io che non respiravo, sopravvivevo a malapena, aspettando nel purgatorio dell'ignoto. Del vuoto.

E poi uscì un dottore. «Signora Munn?»

Mia madre si alzò in piedi, e io e Armando la seguimmo.

«Può andare adesso. Suo marito ha avuto un lieve

infarto. Vorrei tenerlo qui sotto osservazione per la notte, ma probabilmente domani sarà pronto per tornare a casa.»

«Grazie a Dio» sospirai, accasciandomi su Armando. Mi sostenne forte con un braccio intorno alla schiena. Le sue labbra trovarono la parte superiore della mia testa prima che seguissimo il dottore.

Mentre entravamo e mi precipitavo ad abbracciare e baciare mio padre, mi adeguai allo shock di vederlo collegato ai monitor, quindi non notai che Armando si era irrigidito.

«Tu» sbottò mio padre, guardando Armando oltre me.

Mia madre ed io rimanemmo a bocca aperta per la sorpresa di trovarlo a fissare Armando.

«Perché diavolo sei qui?»

Alzai lo sguardo su Armando, con un dubbio che mi contorceva le viscere. «Conosci mio padre?»

«Oh no» mi interruppe mio padre, deciso. «Non mia figlia. Non puoi girare intorno a mia figlia.»

Armando tenne i palmi in aria e cominciò ad indietreggiare verso la porta.

«*Armando.*» Cercai di fermarlo.

«Non voglio turbare nessuno.» Alzò il mento verso mio padre.

Era una buona idea, considerando che mio padre aveva appena avuto un infarto, ma ero troppo turbata dal fatto di non capire cosa stesse succedendo.

«Aspetta, come conosci mio padre? Cosa sta succedendo?»

«Lavoriamo insieme» disse Armando, e mio padre sbuffò. Armando aveva raggiunto la porta. «Ti aspetto nell'atrio. Prenditi il tuo tempo.»

Fissai la porta chiusa, sentendomi più che un po' abbandonata. Che cazzo succedeva? Guardai mio padre. «Come lo conosci?»

Mio padre mi guardò accigliato. «Dimmi che non esci con quel ragazzo.»

«Non esattamente.» Scopavamo regolarmente, ma non ci frequentavamo ufficialmente. In qualche modo non pensavo che questo avrebbe ingraziato Armando agli occhi di mio padre, quindi non mi spiegai.

«È quello di cui mi hai parlato?» chiese mia madre. «Con disturbo da stress post-traumatico?»

Annuii, continuando a guardare mio padre. «Dimmi come lo conosci.»

Mio padre cercò di spingersi per mettersi a sedere e sussultò.

«Calmati.» Gli appoggiai una mano sul petto. Mia madre infilò la mano nella sua e strinse.

«Hannah, tesoro, mi dispiace dirtelo, ma quel tizio è un mafioso.»

Quasi quasi risi. «Oh. Sì, lo so, papà. Ricordi che ti ho detto che l'edificio dove ho il Giardino dell'Eden è di proprietà della mafia? Conosco Armando da anni.»

Mio padre abbassò le sopracciglia e guardò torvo verso la porta. «Non voglio che tu abbia a che fare con ragazzi come lui.»

Mi irritai, ma mio padre era in un letto d'ospedale e probabilmente non avrei dovuto turbarlo. «È un bravo ragazzo, papà. Ma non ci frequentiamo ufficialmente, quindi non preoccuparti.»

Guardai di nuovo la porta. Armando non ci aveva nemmeno provato con mio padre. Si era semplicemente tirato indietro e se n'era andato. Sapevo che non era il mio ragazzo, ma faceva comunque male. Come se non avesse voluto combattere per me.

«Quindi aspetta, lavora *nell'edilizia?*» chiesi, quasi incredula.

«È un peso morto» disse mio padre. «Uno di quei tizi per cui la mafia costringe il sindacato a dargli un lavoro. Prende uno stipendio per non fare nulla. È un tizio davvero onesto, il tuo ragazzo» sogghignò mio padre.

«Non è il mio ragazzo.» Lo dissi con fermezza, come se fossi finalmente disposta ad accettarlo. Insomma, quanto avevo ancora bisogno che lo rendesse ovvio? Non stavamo entrando in una relazione. Si nascondeva nel mio appartamento e facevamo sesso.

Fine della storia.

Ero tutta accaldata e arrossata. Ora che avevo visto che mio padre stava bene, non vedevo l'ora di uscire da lì. Mi avvicinai e gli diedi un bacio sulla guancia. «Sono contenta che sia stato solo un piccolo infarto, papà. Ci hai davvero fatte spaventare.»

«Sto bene, piccola» mi disse, prendendomi la mano e stringendomela. «Vieni domani sera?»

«Se sei a casa, vengo. In caso contrario, verrò a trovarti qui. D'accordo?»

«D'accordo» disse.

«Va bene, riprenditi, papà.»

«Stai attenta con quel ragazzo, Hannah» mi avvertì mio padre mentre raggiungevo la porta. «Non voglio che ti immischi nei guai in cui si troverà lui.»

Armando poteva anche non aver combattuto per me, ma io non la pensavo allo stesso modo. Mi voltai, con una tensione difensiva che mi saliva fino al collo. «Non è nei guai. È letteralmente appena uscito di prigione e sta cercando di capire come vivere di nuovo.»

Gli occhi di mia madre si addolcirono, la bocca di mio padre si strinse. «Portalo a cena domani, così possiamo conoscerlo» suggerì mia madre, e mio padre scosse la testa con quella specie di sbuffo rassegnato.

«Non credo» dissi, mentre il cuore mi sprofondava giù nella pancia. «Ma grazie. Ci vediamo domani.»

Uscii dalla stanza e trovai Armando in piedi con le mani infilate nelle tasche, sexy da morire. La sua faccia sfoggiava quella maschera vuota che mostrava sempre. Ero pronta a incazzarmi, ma poi lui aprì le braccia e mi ci avvolse, e io mi lasciai scappare un singhiozzo involontario.

Mi passò le dita tra i riccioli e mi accarezzò la nuca, e io mi sciolsi in lui, lasciando che la sua forza mi sostenesse.

Non era il mio ragazzo, ma in questo momento era abbastanza.

Era quello di cui avevo bisogno.

Capitolo diciannove

rmando

Tornammo a casa in silenzio. Non dovevo leggerle nel pensiero per sapere che Hannah era sconvolta. Questa era una di quelle volte in cui non sapevo come gestire la relazione. Dovevo spingerla a parlare? O permetterle di stare tranquilla e sola con i suoi pensieri? Alla fine, mentre entravamo nel parcheggio più vicino, spensi il furgone e le presi la mano.

«Sono sicuro che tuo padre starà bene» cercai di confortarla.

«È un duro» fu tutto ciò che disse mentre guardava fuori dal finestrino, liberando la sua mano dalla mia.

Feci un respiro profondo. «Ti ho fatta arrabbiare?» Era una domanda stupida. Era chiaro che l'avevo fatto.

Alzò le spalle. «Non proprio. Forse. Non lo so.» Girò la testa e incrociò il mio sguardo. «Mi permetterai di chiedere come conosci mio padre o mi darai solo un po' di informazioni?»

«Lavoriamo nello stesso cantiere» dissi.

«Edilizia? Vai al lavoro tutti i giorni in giacca e cravatta.» Strinse gli occhi mentre pronunciava quelle parole.

«Io sovrintendo.» Stavo cercando di darle informazioni sufficienti per soddisfarla, ma mi sentivo a disagio nel dirle qualsiasi cosa. «Ho aiutato tuo padre a interagire con il suo capo di merda per prendersi un po' di tempo libero per andare a un appuntamento, e così ci siamo incrociati.» Vidi che stava analizzando ogni parola che dicevo. «Non è che lavoriamo davvero fianco a fianco o altro.» Non volevo che pensasse che suo padre fosse coinvolto nella mafia o le stesse nascondendo dei segreti.

Sentendo di aver detto abbastanza, scesi dal furgone, mi precipitai al suo fianco e la condussi di sopra sperando di poter concludere questa giornata di merda in modo migliore. O per lo meno, potevamo saltarci addosso e fingere che non fosse mai successo nulla.

Shadow ci accolse sulla porta e io raccolsi la piccola palla di pelo, felice che qualcuno in questa stanza non fosse rancoroso con me. Guardai Hannah mentre se ne andava dritta in cucina dove iniziò subito a lavare i piatti. Questa non era Hannah. Non la mia Hannah.

«Okay, spara» dissi, posando Shadow dopo un paio di grattatine dietro l'orecchio. «Dimmi cosa devo fare per tirarti su di morale.»

«Niente» disse, facendo scorrere un bicchiere di vino sotto l'acqua. «È stata una lunga giornata.»

«Hannah» usai il mio collaudato tono di avvertimento. «Non mi piacciono i giochetti.»

Chiuse l'acqua e mi guardò. «Nemmeno a me.» C'era un'accusa che trasudava dalle sue labbra.

«*Nemmeno a me.*»

Scosse la testa. «Non so nemmeno come spiegare cosa siamo ai miei genitori.»

Ed eccolo lì il problema... era stato detto qualcosa in quella stanza d'ospedale. Sarei stato uno sciocco a pensare il contrario. Era molto ovvio che il padre di Hannah non fosse contento di vedermi.

«Cosa vuoi che dica?»

Incrociò le braccia contro il petto. «Niente, suppongo.»

«Sei infelice?» chiesi, detestando l'idea di aver davvero sconvolto questa donna.

«No. In realtà sono più felice di quanto possa ricordare di essere mai stata. Ma sono anche... confusa.»

«Come mai?»

«Un minuto usi parole come 'mia' e sei eccessivamente protettivo e possessivo, e il minuto dopo mi rendo conto che non so assolutamente nulla di te. E poi quando si tratta di definirci, non so nemmeno come cominciare. E poi passiamo tutte le serate insieme come se fossimo una coppia, eppure non lo siamo...»

Mi squillò il telefono e pensai che fossimo entrambi grati per l'interruzione.

«Fai pure» mi disse, facendomi cenno di rispondere.

Era Marco. «Ehi» dissi mentre mi ricomponevo. Hannah e io stavamo per intraprendere un percorso per il quale non ero ancora pronto. Ero sicuro che avrebbe iniziato a farmi domande per le quali non avevo risposte. Almeno non quelle giuste.

«Incontriamoci al Sins stasera. Viene anche Leo...»

«Sono con Hannah» lo interruppi, usando lei come scusa per non andare al sex club che Marco adorava frequentare.

«Lo so. Portala. Anche io e Leo portiamo delle donne.

Può essere uno di quei tripli appuntamenti che fanno le persone normali.»

«Siamo tutt'altro che normali» dissi. «Hannah e io abbiamo avuto una lunga giornata...»

«Devo giocare la carta 'proiettile nel culo' per farti fare qualcosa con tuo cugino?» mi interruppe Marco. «Perché lo farò. Il mio culo sarà segnato per sempre e...»

«Marco vuole che stasera usciamo con lui e Leo. Hanno degli appuntamenti» dissi ad Hannah.

Inarcò le sopracciglia e sorrise. «Sembra divertente.»

Scossi la testa e mormorai un «no.»

«Sarebbe bello rivederli» continuò, ignorandomi.

«È un sex club» sbottai, sapendo che sarebbe stato suffi-ciente per spaventarla.

Inclinò la testa. «Veramente?»

«Smettila di cercare di dissuaderla, testa di cazzo» inter-venne Marco dall'altra parte del telefono. «Non farle pensare che sia tutto pelle scoperta e orge.»

Il sorriso di Hannah crebbe. «Ci piace il sesso.» Non riuscivo a capire se mi stesse prendendo in giro o no. Ma sinceramente non sembrava aver paura dell'idea.

«Il mio culo colpito da un proiettile vi vedrà al Sins alle nove» disse Marco e riattaccò prima di darmi l'opportunità di discutere ulteriormente.

«C'è un sex club a Chicago?» chiese Hannah.

«Ce ne sono diversi, ma questo è il più soft per quanto riguarda i sex club. È più una discoteca di lusso dove non ci sono regole quando si tratta di sesso in pubblico, nudità, condivisione e così via.»

«Dovremo fare sesso lì?»

Mi strozzai in una risata inaspettata. «No, Fiori. Non dobbiamo fare niente.»

«Vorresti?»

Mi fermai a considerare l'idea. Avevo già fatto sesso al Sins. Ma mai con qualcuno che consideravo mio. E Hannah era decisamente mia. Non l'avrei condivisa. Non volevo nemmeno che qualcuno la guardasse. Avrei spezzato il collo a chiunque al club avesse osato persino fare un paio di passi nella sua direzione.

Feci un passo verso di lei e le presi il braccio, tirandola contro di me. «Quello che voglio è fare sesso ora.»

Lei mi guardò, i suoi occhi incontrarono i miei. Un sorrisetto si allargò sul suo viso mentre faceva scorrere le mani sul mio petto e intorno al mio collo, trascinandomi in un bacio profondo. Le nostre labbra si mossero in sincronia mentre lei mi spingeva di nuovo sul letto, mettendosi a cavalcioni.

«Mi dispiace» disse. «Per il mio... umore.»

Scossi la testa. «Non scusarti mai per i tuoi sentimenti, Fiori. Ne ho bisogno. Li bramo.»

«Non me la cavo bene con l'incertezza» disse.

«L'ho capito. Io sì.»

Le mie mani si fecero strada fino alla sua vita, stringendola forte mentre lei si strofinava contro di me. Infilai le mani sotto la sua camicia, sentendo la morbidezza dei suoi seni, stuzzicandole i capezzoli in punte dure. Inarcò la schiena, premendo il culo contro il mio cazzo.

Strinsi forte, suscitando un sussulto e un gemito dalle sue labbra carnose e imbronciate.

«Non ho le risposte giuste alle tue domande. Non sarò mai quell'uomo. Ma quello che posso darti...» Tirandole via la camicia, i suoi seni rimbalzarono al movimento, e mi presi un secondo per fissarla semplicemente.

Poi le misi una mano tra le gambe, strofinandole il clitoride attraverso le mutandine, strappandole un gemito. Un sorrisetto malizioso le aprì il viso e si tolse le mutandine e poi la gonna, rivelando tutto.

Slacciai la cintura e passai alla cerniera. Hannah mi prese le mani e intrecciò le dita con le mie. I nostri occhi si incrociarono mentre lei mi apriva la cerniera dei pantaloni e mi toglieva la cintura. Tenne la mia cintura tra i denti e scosse la testa avanti e indietro. Risi e lei la sputò via, leccandosi le labbra in modo seducente. Prese i miei pantaloni, sfilandomeli e gettandoli di lato.

Avvolse le gambe intorno a me mentre mi tirava a sé, strofinandosi contro di me. Feci scivolare la mano sotto di lei, ma la respinse con uno schiaffo. Invece, si allungò tra di noi, le sue dita delicate cercarono il mio cazzo. Spostò le dita sulla cappella e si strofinò contro di essa, spargendo il mio precum sulle labbra della sua figa.

Raggiunsi il comodino e tirai fuori un preservativo. Rabbrividii quando lei lo afferrò e se lo infilò dentro, gemendo alla sensazione della sua mano che si muoveva su di me. Si mise di nuovo a cavalcioni su di me, scivolando sul mio cazzo duro come una roccia.

«Allora cosa facciamo in questo sex club?» chiese, con la voce roca.

«Quello che vogliamo» dissi, succhiandole il labbro inferiore.

Roteò i fianchi, strofinandosi contro di me. «E se volessi fare sesso in modo che tutti ci guardino?» sospirò bocca contro bocca.

«Va bene. Sappi solo che dopo tornerò in prigione» gemetti, sollevando i fianchi.

Mi mise le mani sul petto, inchiodandomi al letto mentre si muoveva su e giù, prendendomi dentro di sé. Sentii le sue unghie affondarmi nel petto e la strinsi tra le braccia, tenendola stretta mentre mi spingevo dentro di lei.

«Perché in prigione?» chiese, con voce ansimante.

«Dovrei uccidere chiunque ti vedesse nuda» risposi, spingendo più forte.

Accelerai le spinte, la mia presa era così stretta da essere quasi dolorosa. La sentii stringersi attorno a me, il suo corpo pronto ad esplodere.

«Allora potremmo guardare? Questo ti terrebbe fuori di prigione?»

«Possiamo guardare, Fiori. Forse. Potrei uccidere l'uomo che guardi, comunque.»

«Bene, allora forse dovrò solo tenerti distratto» disse gridando mentre spingevo ancora più forte.

«Ci conto. Tienimi fuori di prigione, piccola. Questo è il tuo compito per la serata.»

«Affare fatto» gemette, contorcendosi intorno a me mentre esplodevo dentro di lei.

Capitolo venti

H*annah*

Le luci della città danzavano sui vetri oscurati dell'auto nera mentre ci avvicinavamo al Sins, il famigerato nightclub erotico di Chicago e uno dei luoghi preferiti di Marco, secondo Armando. Aveva insistito per noleggiare un'auto da città per portarci, ed era un'indulgenza a cui non ero abituata. Lanciai un'occhiata ad Armando, la sua mascella scolpita e gli occhi penetranti mi facevano battere forte il cuore. L'abito su misura abbracciava la sua struttura muscolosa, irradiando un'aria di dominio e mistero che mi aveva affascinata.

«Pronta?» chiese Armando, con voce bassa e imperiosa. Annuii, tirando l'orlo del mio vestitino nero. La profonda scollatura e l'audace spacco laterale mi facevano sentire vulnerabile e potente, e non vedevo l'ora di vedere cosa aveva in serbo per noi la notte.

Non mi sarei mai classificata come una che sarebbe entrata volentieri in un sex club, ma ero eccitata. Mi piaceva anche l'idea che stavo per entrare al braccio di Armando come suo appuntamento. Come una coppia. Come fidanzato e fidanzata. Marco non aveva solo invitato Armando. Aveva invitato anche la sua donna.

Mentre ci avvicinavamo all'ingresso, il ritmo pulsante della musica risuonò nel pavimento sotto di noi, trascinandoci nel mondo seducente che ci aspettava all'interno. L'imponente buttafuori sganciò la corda di velluto e noi scendemmo giù per le scale scarsamente illuminate, lasciandoci alle spalle il mondo ordinario.

Nel momento in cui entrammo nel club, fummo avvolti dalla sua atmosfera inebriante. L'illuminazione plumbea proiettava ombre sui corpi che si contorcevano intorno a noi, mentre la musica inviava vibrazioni che echeggiavano nel mio cuore. I miei occhi furono immediatamente attratti dalle afose esibizioni che si svolgevano sull'elaborato palcoscenico: ballerine in abiti a malapena esistenti che si muovevano con grazia ipnotica, i loro corpi intrecciati come serpenti che tentavano la loro preda.

«Wow» sospirai, sentendo la mano di Armando sulla mia schiena mentre mi guidava all'interno del club. «Questo posto è... intenso.»

«Intenso può essere una buona cosa, Hannah» mormorò vicino al mio orecchio, facendomi venire i brividi lungo il collo.

Annuii, il cuore mi batteva forte nel petto mentre osservavo il panorama intorno a me. Coppie e gruppi si abbandonavano a vari atti di piacere, incoraggiati dalla natura impenitente e peccaminosa del club.

«Posso guardare?» dissi. «O è maleducato?» Non conoscevo le regole. Non volevo sembrare la verginella inesperta di sex club che chiaramente ero.

«Shh» sussurrò, sfiorandomi la guancia con le dita.

«Non pensarci troppo. Lasciati guidare dall'atmosfera. Non farai niente di male.»

Chiusi gli occhi per un attimo, inspirai profondamente e mi lasciai trasportare dalla sinfonia di sensazioni che ci circondavano. Il calore del corpo di Armando premuto contro il mio, il sapore dell'anticipazione sulle mie labbra, il suono della musica che mi faceva venire i brividi lungo la schiena: tutto si combinava in un'esperienza diversa da qualsiasi cosa io avessi mai provato prima.

Mentre continuavamo a esplorare le profondità del Sins, il mio desiderio per Armando crebbe ogni momento che passava. Potevo sentire l'elettricità tra di noi, i nostri corpi uniti come magneti mentre navigavamo in questo mondo seducente che sembrava esistere solo per accendere la nostra passione. I miei sensi erano intensificati, ogni movimento e suono sembrava una corrente elettrica che attraversava il mio corpo.

«Eccoli» dissi, indicando la sezione VIP dove erano seduti Leo, Marco e le loro accompagnatrici. Le corde di velluto rosso rubino che circondano l'area esclusiva la rendevano ancora più affascinante.

«Ah» la voce di Armando era dolce e sicura, in netto contrasto con la tensione nel mio petto mentre ci avvicinavamo al tavolo. Mi condusse per mano, la sua presa salda ma rassicurante.

«Mando! Hannah!» esclamò Marco, il suo caldo sorriso ci accolse mentre si alzava in piedi. «Sono contento che ce l'abbiate fatta.»

«Il tuo *culo* non mi ha dato molta scelta» rispose Armando, tirandomi più vicino a sé come per ricordare a tutti i presenti che ero sua.

«Lascia che ti presenti la nostra adorabile compagnia

per la serata» continuò Marco, indicando le due splendide donne sedute accanto a lui. «Isabella e Valentina.»

«Piacere di conoscervi entrambe» dissi, facendo del mio meglio per apparire a mio agio in questo ambiente sconosciuto. Entrambe le donne mi valutarono con curiosità, probabilmente chiedendosi come una come me fosse finita con un uomo come Armando.

«Piacere mio» fece le fusa Valentina, i suoi occhi si posarono su Armando con interesse prima di tornare da me. Non riuscii a fare a meno di provare una fitta di gelosia, pur sapendo che era infondata.

«Andiamo a bere qualcosa» suggerì Armando, intuendo il bisogno di sciogliere la tensione. «Cosa volete?»

«Champagne per me e Valentina» intervenne Isabella, sbattendo le sue lunghe ciglia finte.

«Whiskey con ghiaccio» aggiunse Leo, con voce profonda e imponente.

«Facciamo due» concordò Marco, spostando momentaneamente la sua attenzione dal vestito micro di Valentina.

Armando annuì, guardandomi in attesa.

«Ehm, prendo un bicchiere di vino rosso, per favore» dissi, sentendomi decisamente fuori posto in questo gruppo.

Armando mi sfiorò le nocche con il pollice prima di rivolgersi al cameriere appena arrivato. «Hai sentito la signora: un bicchiere del tuo miglior vino rosso, due whisky con ghiaccio, due champagne e per me... uno scotch, liscio.»

Il cameriere scarabocchiò le nostre ordinazioni prima di scomparire nell'ombra.

«Alla serata che non dimenticheremo presto» propose Leo non appena i nostri drink vennero serviti, alzando il bicchiere in attesa.

«Alla serata» concordò Marco, il tintinnio dei nostri bicchieri era in netto contrasto con la musica pulsante che ci circondava. Bevemmo di getto, e i potenti intrugli alimentarono il fuoco che stava già bruciando dentro ognuno di noi.

Mentre l'alcol mi scorreva nelle vene, le mie inibizioni iniziavano a dissolversi, sostituite da una crescente fame per tutto ciò che questa notte aveva da offrire. C'era così tanto da vedere. Tanto da sentire.

«Stai bene?» mi chiese Armando avvicinandosi al mio orecchio.

Annuii. «È tutto molto intenso.»

«Andiamo a fare due passi. Dai un'occhiata in giro.» Armando mi prese per mano e mi guidò attraverso la folla di corpi, la sua sicurezza e la sua presenza dominavano lo spazio intorno a noi. Quando raggiungemmo un punto libero, si girò verso di me, i suoi occhi fissi nei miei con un'intensità che mi fece venire i brividi lungo la schiena.

«Vuoi ballare?» La sua voce era appena udibile sopra il ritmo martellante, ma io annuii in risposta, desiderosa di perdermi nel ritmo.

«Tu balli?»

«No. Affatto. Ma lo farò per te.»

Mi si scaldò il petto. Che ragazzo. Ne ero dipendente.

Mentre la musica saliva, Armando e io ci avvicinammo, i nostri corpi trovarono istintivamente il proprio ritmo nel caos. I nostri fianchi oscillavano in sincronia mentre ballavamo, le sue mani forti guidarono i miei movimenti con precisione elettrica. Il calore tra di noi cresceva ogni momento che passava, e mi persi nel delizioso attrito che creò.

«Marco e Leo me lo rinfacceranno per sempre.» Armando si avvicinò, gridandomi nell'orecchio in modo che potessi sentirlo. «Mi sento come un mucchio di mattoni deambulante»

Risi forte, apprezzando che mi stesse offrendo qualcosa

per aiutarmi a mettermi a mio agio, anche se questo significava per lui uscire dal suo elemento. Armando poteva non essere sempre in grado di dirmi le parole giuste, ma sicuramente sapeva darmi i gesti giusti.

Il mio corpo si mosse con ritrovata fluidità, non inibito dal dubbio o dalla moderazione. Lo sguardo di Armando non mi abbandonò mai e provai un'ondata di piacere sapendo di essere l'unico oggetto della sua attenzione.

Divenni sempre più consapevole delle attività illecite che si svolgevano intorno a noi. Coppie intrecciate in vari atti sessuali, alcuni nascosti in angoli oscuri mentre altri mostravano sfacciatamente la loro passione agli occhi di tutti. Il gioco perverso si svolgeva davanti ai miei occhi, un mondo che avevo intravisto solo in conversazioni sussurrate e fantasie notturne.

La vista di queste impenitenti manifestazioni di desiderio servì solo ad alimentare il fuoco che cresceva dentro di me. Sentivo un bisogno primordiale di esplorare questo lato oscuro della mia sessualità.

«Armando» sussurrai, con voce appena udibile sopra la musica, mentre mi guardavo intorno alla dissolutezza che ci circondava. «Questo è... non ci sono parole per descriverlo.»

«È troppo?» chiese, i suoi occhi scuri cercarono nei miei qualsiasi segno di disagio.

«No» risposi, sorprendendo anche me stessa per la convinzione nella mia voce. «Sono incuriosita.»

«Bene» sorrise, tirandomi più vicino finché i nostri corpi non furono a filo l'uno contro l'altro.

Il ritmo pulsante della musica sembrava vibrarmi nelle ossa mentre io e Armando ballavamo. L'eccitazione tra di noi era palpabile; l'aria intorno a noi crepitava di elettricità mentre condividevamo sguardi eccitati e tocchi rubati.

«Il tuo cuore sta battendo all'impazzata» mi mormorò rauco all'orecchio Armando, riscaldandomi la pelle con il suo respiro tiepido, facendomi venire i brividi lungo la schiena. «È l'eccitazione o sono io?»

«Forse un po' di entrambi» ammisi, sentendomi audace grazie all'euforia della notte. I nostri occhi si incrociarono e per un momento tutto il resto svanì: la musica, le persone, i nostri amici. Eravamo solo noi e l'innegabile legame che si era rafforzato dal momento in cui ci eravamo incontrati.

Mi osservò intensamente, con uno sguardo cupo e possessivo, alimentando il fuoco dentro di me. Potevo sentire il suo bisogno di controllo, il suo desiderio di proteggermi, anche in questo mondo caotico che avevamo scelto di esplorare insieme.

Mentre ballavamo, vidi Marco e Leo ai margini della pista da ballo, le loro risate che si mescolavano alla musica. Le loro accompagnatrici si erano avvicinate, il linguaggio del corpo era aperto e invitante, mentre si lasciavano andare con battute civettuole. Leo spostò una ciocca di capelli dietro l'orecchio della sua accompagnatrice, con un sorriso pieno di fascino e malizia, mentre Marco si chinava per sussurrare qualcosa che la fece ridacchiare e arrossire.

Ogni tanto guardavano Armando e me, i loro sorrisi di approvazione mi dicevano che erano felici di vederci insieme.

Gli misi una mano sul petto mentre la musica continuava a rimbombare intorno a noi. «Prendiamoci una pausa dal ballo ed esploriamo di più il Sins. Sono curiosa di vedere cos'altro ha da offrire questo posto.»

«Sei sicura?» chiese, cercando con gli occhi scuri qualsiasi segno di esitazione.

«Assolutamente» risposi con un sorriso, sentendo un

brivido attraversarmi al pensiero di avventurarmi più a fondo in questo mondo misterioso. «Voglio provare tutto stasera.»

«Solo non farmi tornare in prigione» disse Armando, curvando le labbra in un sorrisetto pericoloso mentre mi prendeva la mano.

Mentre ci facevamo strada tra la folla accaldata, notai come altri clienti fossero attratti da Armando, sia uomini che donne. Trasudava un potere grezzo che era impossibile ignorare, e provai un'ondata di orgoglio sapendo che era mio per la serata.

Scoprimmo delle stanze nascoste e angoli segreti dove coppie e gruppi si dedicavano ad attività ancora più peccaminose di quelle che si svolgevano al piano nobile. L'odore del sudore e dell'eccitazione riempiva l'aria, insieme al basso ronzio dei gemiti e dei sussurri che portavano i segreti della notte.

«Guardali» gli mormorai all'orecchio, mentre indicavo una coppia intrecciata su una chaise longue di velluto. «Sono persi nella loro passione, completamente inconsapevoli del mondo che li circonda.»

«È così che mi sento con te» confessò Armando. «Tutto il resto è bloccato.»

Il cuore mi martellò nel petto mentre mi voltavo a guardarlo. Lo trascinai in una delle nicchie appartate che costeggiavano il perimetro del club. Era poco illuminato e nascosto alla vista, offrendoci un momento di privacy in mezzo al caos.

Mi baciò profondamente, le sue mani scivolarono intorno alla mia vita mentre mi attirava più vicino.

Risalii con le mani dal suo petto fino a toccargli la mascella. Il suo sguardo non lasciò mai il mio mentre ci trovavamo sull'orlo della resa.

«Ti scoperei qui» sussurrai, colmando la distanza tra di noi mentre le nostre labbra si incontravano in un bacio ardente e appassionato. «Ma voglio tenerti qui attaccato a me. Da nessun'altra parte.»

Le nostre bocche si muovevano insieme, le lingue si esploravano e si assaggiavano a vicenda, mentre l'eccitazione tra di noi diventava più intensa ogni secondo che passava. Armando mi strinse forte i fianchi, attirandomi contro di lui, così sentii la sua eccitazione premermi contro la coscia.

«Non posso condividerti, Fiori. Almeno non ancora. Sono un avido bastardo, voglio quel tuo bel culo per me» disse, con voce ruvida per il desiderio mentre appoggiava la fronte contro la mia. «Ma ti prometto che quando ti riporterò a casa, ti farò urlare il mio nome.»

«Promesso?»

«Cazzo, contaci» rispose, gli occhi cupi e pieni di promesse.

Emergemmo dall'ombra, i nostri cuori ancora battevano dal nostro appassionato scambio, e tornammo al tavolo VIP. Mentre ci avvicinavamo, vidi Leo intrattenere tutti con una storia, gesticolando animatamente mentre raccontava un'esperienza selvaggia. Marco, seduto accanto a lui, annuiva mentre le loro accompagnatrici ascoltavano con rapita attenzione.

«Ah, eccovi voi due!» esclamò Leo, vedendoci. «Stavamo solo parlando dell'intrattenimento... unico che il Sins ha da offrire.»

«Unico è sicuramente una parola che lo definisce» concordò Armando, un sorriso ironico che giocava sulle sue labbra mentre tirava fuori una sedia per me. Scivolai sulla sedia, sentendo il ronzio dell'eccitazione e dell'anticipazione che mi scorreva ancora nelle vene.

Mentre la conversazione continuava, risate e prese in giro riempivano l'aria, non potevo fare a meno di lanciare sguardi ad Armando. La connessione tra di noi stanotte era semplicemente diventata più forte, e potevo sentire il calore del suo sguardo su di me, anche quando non lo stavo guardando direttamente. Mi posò la sua mano forte sulla coscia, una silenziosa promessa di ciò che sarebbe venuto.

Ma anche un certo tipo di... possesso.

Aveva usato la parola "mia" più volte. Sempre nel calore della passione. Ma in questo momento, seduta a ridere con i suoi cugini, mi sentivo davvero sua. Veramente sua. E lo amavo.

Il tempo sembrò scivolare via mentre condividevamo storie e barzellette, ognuno di noi perso nel brivido della notte. Ma alla fine, anche il più magico dei momenti doveva finire.

«Sembra che stiano iniziando a chiudere» osservò Leo, notando che lo staff stava iniziando a pulire il club.

«Immagino sia ora di farla finita» concordò Marco, alzandosi e allungando le braccia sopra la testa.

«Va bene, andiamocene di qui» disse Armando, alzandosi dal suo posto e tendendomi una mano.

«Buonanotte a tutti.» Salutai i nostri amici mentre ci dirigevamo verso l'uscita.

«Hai fatto un ottimo lavoro a far uscire Mando da casa» mi disse Leo. «Vai bene per lui.»

«È una da tenere stretta» aggiunse Marco, riempiendomi di orgoglio. Non c'era sensazione migliore che conquistare la famiglia dell'uomo che... amavi.

Uscendo all'aria fresca della notte, mentre i suoni ovattati del Sins svanivano dietro di noi, strinsi la mano di Armando, desiderosa di qualunque cosa potesse accadere dopo.

«La serata è stata divertente» dissi.

«È solo all'inizio. Ti ho fatto una promessa, ricordi?» disse Armando, con voce bassa e piena di promesse.

Capitolo ventuno

annah

«E se avessi insistito per fare sesso al Sins?» chiesi mentre mi spogliavo davanti ad Armando, senza dargli alcun dubbio su cosa avessi in mente per il resto della nottata. Vedere tutti quei corpi nudi aveva acceso qualcosa dentro di me. Qualcosa di più oscuro. Più primordiale.

«Ti avrei scopata» rispose Armando, togliendosi anche lui i vestiti. «Ma non come ho intenzione di scoparti adesso.»

Alzai un sopracciglio. «Oh sì, e come?»

«Più forte di quanto tu sia mai stata scopata prima.»

Il cuore mi palpitò. Le mie ginocchia si indebolirono. Ma mi sarei senza dubbio presa tutto ciò che mi avesse offerto. «Non ho paura» gli dissi, con un tono di sfida. «L'ho già fatto forte in passato.»

«Sì?» Si diresse verso di me, con gli occhi cupi per le sue intenzioni. «Provalo.» Si sdraiò sul letto completamente nudo.

Sorrisi, salii sul letto e strisciai verso di lui, senza mai distogliere lo sguardo dal suo. Mossi le braccia su tutto il suo corpo. Profondamente. Appassionatamente. Sfrenatamente.

Mi avvolse tra le sue braccia e mi girò sulla schiena, mentre la sua lingua danzava con la mia. Sapeva di scotch, ed era un buono scotch, potevo dirlo. Mi piaceva il sapore che aveva sulla sua lingua e il sapore che aveva sulla mia.

«Dimmi cosa vuoi.» Mi sollevò il mento, costringendomi a guardarlo negli occhi.

«Lo voglio... eccentrico. Oscuro. Voglio sentirmi... sottomessa da te» confessai, sentendomi sicura di ammettere i miei desideri più oscuri. «Non voglio che sia gentile. Non voglio carezze. Lo voglio sporco. Nel modo in cui a te piace farlo.»

Non sapevo cosa mi fosse preso e perché la richiesta mi fosse uscita così facilmente. Ma avevamo appena lasciato il Sins, e se c'era mai stato un momento per lasciarsi andare completamente, era adesso.

«Vuoi che ti scopi forte?» insistette. «Che mi imponga? Che ti scopi come la sporca piccola troia che hai appena ammesso di voler essere?»

«Sì» sussurrai.

«Ti farò tutto questo e anche di più.» Il suo sorriso era pericoloso.

«Non trattenerti» sospirai.

«Rotola, voglio vederti il culo» ordinò, lasciandomi andare e scendendo.

«Così?» Rotolai sulla pancia.

«In ginocchio, Fiori.»

Mi alzai sulle ginocchia e mi piegai, poi lo guardai da sopra la spalla.

«Esattamente così. Ora allarga le natiche.»

Feci come mi era stato detto e lui mi accarezzò il sedere con la mano. Sentii lo schiocco del tubetto di lubrificante e le sue dita unte scivolarono sulla mia figa, il pollice sul buco del culo. Spinsi spudoratamente contro le sue dita, implorando di avere di più.

«È questo che vuoi?» Mi schiaffeggiò forte il sedere con l'altra mano, poi massaggiò via il dolore.

«Sì. Voglio che tu mi fotta il culo.»

«Cos'altro, Fiori?»

«Voglio che tu sia duro con me. Che mi scopi al punto da farmi rigare dritto. Finché non riesco nemmeno più a pensare. Tutta la notte.»

Armando ringhiò e affondò le dita nella mia figa.

«Voglio che mi schiaffeggi il culo finché non diventa rosso e dolorante.»

«Cazzo, piccola. Mi stai diventando più duro della pietra. Cos'altro ti farò?»

«Voglio che tu...» Quasi non osai chiederlo. Ma era una fantasia che avevo dal giorno in cui si era presentato nel mio negozio di fiori.

«Cosa, Fiori?»

«Mi soffochi.»

«Sì? Ti soffocherò, piccola. Vuoi che ti stringa con la mano mentre ti scopo forte?»

«Sì grazie.»

«Ti piace un po' di paura durante il sesso? Vuoi che ti tolga l'aria? O fai solo finta, piccola?»

Mi girava la testa, stentavo a credere che stessimo avendo questa conversazione. Che la mia fantasia si sarebbe avverata davvero. «Voglio che tu mi tolga l'aria... che mi faccia sentire come se stessi per uccidermi. Come se stessi per morire per te.»

La stanza girava. Ero terrorizzata dalla mia stessa richiesta, ma andai avanti. «Voglio che tu mi possieda. Fammi tua e solo tua. La tua troia. La tua sporca ragazza. Tua.»

Non avevo mai detto nessuna di queste parole ad alta voce prima. Non le avevo nemmeno mai pensate. Ma Armando aveva risvegliato qualcosa in me. Mi aveva mostrato che potevo fidarmi di lui con il mio corpo, anche quando c'era un po' di violenza. E dopo tutte le cose pazzesche che avevamo visto stasera, mi sembrava sicuro chiederlo. Mentre parlavo, mi resi conto che era esattamente quello che stavo facendo. Lo stavo lasciando entrare e, cosa più importante, stavo facendo uscire me stessa. Mi stavo liberando da molte delle mie paure e insicurezze, e mi aggrappavo a ogni parola di Armando, aspettando che mi dicesse cosa fare dopo.

«È così sexy, Hannah. Sei la mia ragazzaccia. Te lo darò per bene, Fiori.»

Continuò a muovere le dita tra le mie gambe, facendo scivolare il pollice nel culo, riempiendomi per tutto il tempo le natiche di schiaffi. Un mix caotico ed esotico di stimoli che intensificavano tutto ciò che sentivo. Gemevo. Stavo annegando nella lussuria. Ben oltre le mie normali inibizioni.

Mando mi mise un cuscino sotto i fianchi e mi ci spinse sopra, poi si arrampicò tra le mie gambe. Strofinò la cappella sulla mia figa mentre mi afferrava i capelli, girandomi la testa all'indietro, in modo che fossi costretta a guardarlo.

«Sono l'unico che scoperà questa figa» ordinò nello stesso momento in cui si spingeva dentro di me.

«Oh Dio.» I miei muscoli interni si strinsero attorno al suo cazzo. Stavo già raggiungendo l'orgasmo con un solo colpo.

Andò lentamente, inarcandosi, scivolando fuori, stuzzicandomi. Torturandomi.

«Sculacciami» supplicai, desiderando più intensità.

«Sculacciarti?» Si tirò fuori. «Devi guadagnartela quella sculacciata.»

«Come?»

«Pregami.» Mi schiaffeggiò un paio di volte e il dolore fu acuto e intenso, ma lo adorai.

«Ti prego» implorai, avendo bisogno di sentire quel calore che si irradiava dal mio culo e si diffondeva in tutto il mio corpo. «Ti prego, Armando. Ti prego, sculacciami più forte. Ti prego.»

Lo fece ancora e ancora, finché il mio culo non bruciò e mi pizzicò. Era esattamente quello che bramavo. Ciò di cui avevo bisogno.

«Brava ragazza.» Mi fece girare per farmi sedere sul bordo del letto. «Ora allarga le gambe per me.»

Feci come mi aveva ordinato e lui si inginocchiò davanti a me, afferrandomi le cosce e allargandole.

«Guardati» disse. «La tua figa è così fottutamente bagnata e le labbra della tua figa sono gonfie.»

«È il tuo cazzo che mi ha resa così» dissi, allungando la mano e afferrandoglielo, accarezzandolo forte.

«Fammi vedere quanto vuoi il mio cazzo» disse, afferrandoselo e strofinandolo su e giù sulla mia figa. «Succhiami il cazzo e fammi vedere quanto lo vuoi. Voglio che tu assaggi quanto la tua figa ama questo cazzo.»

Guardai il suo cazzo entrarmi in bocca, ci feci roteare la lingua intorno e lo leccai, prestando particolare attenzione alla cappella e all'area sensibile subito sotto.

«Questa è una brava ragazza» mi incoraggiò mentre mi afferrava la testa e mi spingeva il cazzo più a fondo in bocca. «Prendilo tutto.»

Lo feci, e mentre lo succhiavo, lo sentii prendere una delle mie mani e avvolgerla attorno alla base del cazzo, guidandola su mentre mi scopava la bocca. Stavo gemendo così forte, che ero sicura che i miei vicini mi avrebbero sentita, ma non mi interessava. Non mi ero mai sentita così libera e così selvaggia.

Lo volevo ogni notte. Volevo essere la sua sporca puttanella. Volevo che mi facesse sentire bella e desiderata, spalancandomi la bocca e sollevandomi il mento così da potermi fottere la faccia come voleva.

Volevo tutto quello che era disposto a darmi.

Volevo essere posseduta da lui.

Mi scopò la faccia più forte e feci fatica a sopportarlo, ma lo presi. Presi tutto. Lo guardavo negli occhi e vedevo l'intensità e la passione. Vedevo il suo desiderio, ed era una cosa bellissima.

Ero la sua ragazza bella e sporca, e amavo la sensazione.

Amavo lui.

«Fammi venire su tutta la faccia della mia ragazzaccia» ordinò, e io staccai la bocca dal suo cazzo, accarezzandolo forte e veloce. Cominciò a respirare affannosamente e capii che ci era vicino.

«Fallo. Vieni su tutta la mia faccia.»

Venne forte. Spruzzi del suo sperma mi colpirono il viso e schizzarono contro le mie guance, e lo strofinai immediatamente, lasciandomelo gocciolare sul viso mentre mi assicuravo di metterlo in bocca.

«Così si comporta una brava ragazza.» Mi asciugò lo sperma dalla faccia con un asciugamano vicino. «Ora sali sul letto e aspettami.»

Feci come mi aveva detto, e mentre mi sdraiavo sul letto e lo guardavo, mi sentii in soggezione davanti a lui.

«È ora della tua sculacciata. Te la sei guadagnata. Rotola, culo all'aria.»

Feci come mi aveva detto e sentii il mio corpo tremare per l'eccitazione.

«Apri le gambe» disse, massaggiandomi il culo con le mani.

Allargai le gambe, sapendo che gli appartenevo e che stava lentamente prendendo il sopravvento sulla mia vita.

E mi stava bene.

Mi stava bene essere la sua sporca puttanella per sempre.

Mi schiaffeggiò il culo un paio di volte, poi lo sollevò e lo strinse. Mi sculacciò di nuovo le natiche, e sentii il bruciore sul culo, e mi fece formicolare ancora di più la figa. Mi sculacciò finché il mio culo non divenne rosso, pizzicò e bruciò. Faceva male, ma era bellissimo allo stesso tempo.

«Apri il culo» ordinò. «Voglio vedere tutta quella bella figa.»

Allargai il culo e mi guardai indietro, ansiosa di vedere cosa mi avrebbe fatto.

Mi schiaffeggiò il culo, poi mi prese la mano e me la mise tra le cosce, massaggiandomi la figa.

Mi schiaffeggiò la figa, poi me la schiaffeggiò di nuovo, poi mi mise le dita in bocca e mi costrinse a succhiarmele.

«Sei una ragazza sporca» disse. «Assaggia quanto sei sporca.»

«Sono la tua ragazza sporca» concordai.

«E io sono il tuo paparino» disse, sculacciandomi ancora e ancora, facendomi gemere ad alta voce. «Sono io quello che scopa questa figa, questa bella figa.»

«Sì, papà» lo assecondai, urlando di passione mentre mi colpiva la figa sempre più forte.

«E questo culo appartiene a me» disse, schiaffeggiandomi così forte che sentii il dolore irradiarsi e diffondersi.

«Appartiene a te. Solo a te.»

«Esatto» disse. «Solo a me. Sei mia.»

«Sono tutta tua.»

«Brava ragazza.» Mi schiaffeggiò di nuovo il culo.

«E ora ti farò venire con la mia lingua» disse, allargandomi le chiappe con le mani. Mi mise la lingua nel culo e io gemetti forte.

«Alla mia sporca ragazza piace» disse. «Ti piace quando accerchio questo tuo buco del culo.»

«Mi piace molto» concordai, mentre la figa mi gocciolava.

Mi leccò il culo e non potei fare a meno di strofinarmi contro la sua faccia.

«Ti farò venire come non sei mai venuta prima.» Mi strofinò la figa e poi fece scivolare le dita dentro di me e pompò forte.

Cominciai a gemere e non ci volle molto prima che il mio corpo tremasse.

«Vieni sulle mie dita, piccola. Vieni su di loro.»

Le sue parole erano sporche, e cattive, ed erano esattamente quello che volevo sentire.

«Vieni per me, Fiori» disse, e io lo feci, il mio corpo tremava e tremava e aveva le convulsioni.

Mi tenne stretta a sé mentre il mio corpo usciva dall'orgasmo più crudo e sporco di sempre.

Girammo insieme nell'oscurità, il nostro respiro si mischiò. I nostri battiti cardiaci rallentarono il ritmo incalzante.

«Grazie» mormorai piano.

Armando si lasciò scappare uno sbuffo. «Mi stai ringraziando? No bambina. Sei fottutamente fantastica, Hannah.»

Le sue parole mi fecero cantare il cuore.

Era questo il vero pericolo. Non come quest'uomo gestiva il mio corpo.

Ma come gestiva il mio cuore.

Dio, speravo che non lo schiacciasse.

La cosa ancora più spaventosa era che aveva il potere di fare a pezzi la mia anima.

Capitolo ventidue

*A*rmando

Stavo correndo per le strade di Chicago, inseguito dagli Hermanos. Tutti i membri della banda mi atterrarono e mi bloccarono, e mi puntarono contro le pistole. Ma poi i volti divennero familiari: uno dei tizi davanti a me era Emilio, un altro Harold, il padre di Hannah.

Mi alzai in piedi e offrii il mio petto come bersaglio. «Fallo», dissi, ma poi sentii Hannah che mi chiamava.

Armando.

Sentire la sua voce cambiò i miei piani. Non potevo permettere che mi guardasse morire. Non potevo morire sapendo che avrebbe potuto aver bisogno di me. Decisi di cercare di uscirne combattendo o di scappare. Afferrai il polso del ragazzo più vicino per strappargli la pistola.

«Armando!»

Ansimai, sedendomi dritto sul letto, con le dita chiuse intorno al polso di Hannah in una stretta schiacciante.

«Oh merda!» Le lasciai andare il polso come se stesse andando a fuoco, poi lo rialzai di nuovo, delicatamente.

Baciai il punto dove si sentiva il suo battito accelerato. Aveva gli occhi spalancati e inorriditi.

«Mi dispiace, Fiori. Mi dispiace tanto.» Premetti di nuovo le labbra sul suo polso. «Ti ho fatto male. Fanculo.»

Era nuda, i suoi bellissimi seni bruni si mossero mentre si sistemava anche lei per mettersi seduta. «Va tutto bene» sussurrò, avvolgendo le braccia intorno al mio collo in un abbraccio soffocante.

Non meritavo il suo perdono, e sospettavo che ci fosse anche della compassione, il che mi dava fastidio e mi faceva arrabbiare, ma non potevo rifiutare la sua dolcezza. Lei era la fottuta ragione per cui volevo vivere, se analizzavo quel dannato incubo.

Il sesso che avevamo fatto appena prima di addormentarci era stato... fottutamente animalesco, e ora iniziavo a preoccuparmi. Ero stato troppo duro con lei? Stavo permettendo al mio lato oscuro di uscire da me troppo in fretta?

Fanculo. Stavo mandando tutto questo a farsi fottere? L'avevo chiamata troia. Troia!

Hannah meritava di meglio. Si meritava un uomo che potesse darle fiori e caramelle e sussurrarle cose dolci. Non ero io quell'uomo.

«Lascia che ti faccia sentire bene» implorai, perché il sesso era praticamente l'unica cosa che avevo da offrire in questi giorni, e lei si era addormentata nel bel mezzo della scorsa notte.

Mi permise di spingerla sulla sua schiena e di strisciarle tra le gambe, soddisfacendola con la mia lingua prima che io mi concedessi di affondare il cazzo dentro di lei.

Finimmo, mi alzai dal letto e andai sotto la doccia. C'era il battesimo del nipote di Arturo, quindi stamattina dovevo mettermi il completo e andare a messa.

Quando uscii, Hannah si infilò sotto la doccia, io mi vestii e preparai il caffè.

Le porsi una tazza quando uscì con un asciugamano avvolto attorno alle curve sensuali.

Lo posò senza berlo. «Grazie, ma stamattina ho lo stomaco sottosopra. Dove stai andando?» chiese. Mi uccideva il fatto che sembrava non aspettarsi una risposta. O che credesse di non meritarsi di chiedere. Mi uccideva il fatto di non avere altro da dare a Hannah Munn, la ragazza che mi aveva offerto tutto il suo mondo quando non l'avevo neanche chiesto gentilmente. Quando non l'avevo chiesto affatto.

«Un battesimo. E la festa dopo.»

Notai un'espressione ferita tremarle sul viso, e sentii il coltello nel mio petto torcersi più a fondo. Volevo invitarla. Diavolo, niente mi avrebbe reso più felice di avere Hannah al mio fianco. Avrebbe reso molto più facile per me trattare con Emilio e Grace, avrebbe bloccato tutti gli sguardi e i sussurri di coloro che si chiedevano come stessi affrontando Emilio e Grace.

«Vado a cena dai miei genitori. Sei, ehm, il benvenuto» disse, ma la sua normale gioia mattutina era completamente annullata dal suo tono.

Fanculo. Mi strofinai la mascella rasata. «Non credo sia una buona idea, Ricciolina. A tuo padre non piaceva mica tanto l'idea che ti girassi intorno.»

Di tutti gli uomini del mondo, proprio il padre di Hannah doveva essere nel mio stesso posto di lavoro. Almeno avevo la piccolissima soddisfazione di averlo appoggiato quando aveva chiesto di andare alla visita dal medico.

Cazzo, probabilmente la visita del dottore che avrebbe dovuto prevenire questo infarto.

«Lavori oggi?» chiesi.

«Sì.»

«Bene. Ti raggiungo dopo la festa. Magari posso aiutarti con qualcosa.»

Annuì, ma riuscivo ancora a vedere l'espressione addolorata sul suo viso. Le sfiorai le labbra con le mie. «Comportati bene, Fiori. Ci vediamo presto.»

* * *

La festa del battesimo fu come una festa in famiglia. Avevo partecipato a migliaia di feste così, ma questa era stata straziante. Dolorosa quasi quanto la mia festa di bentornato.

Marco e Leo mi erano stati vicino, e io avevo fatto del mio meglio per non sembrare una fica imbronciata, anche se probabilmente non ci ero riuscito.

Quella cazzo di Grace aveva sentito il bisogno di tornare da me di nuovo: ero convinto che dovesse provare più sensi di colpa di quanti non credessi. Ma in fondo, c'era stato un momento in cui avevo pensato che ci amassimo veramente. Solo perché il mio cuore ora era più cupo della notte non significava che non sentisse ancora la pressione di ciò che avevamo avuto una volta.

Semplicemente non sapeva che quel ragazzo era morto.

«Ciao Mando» disse, quasi senza fiato. «Ascolta, uhm, oddio è imbarazzante.» Lanciò un'occhiata a Marco e Leo, che mantennero la loro posizione.

E io non gli dissi di fare qualcosa di diverso.

«Volevo solo dirti, uhm, che ho il tuo invito al matrimonio. Solo... non riuscivo a decidere cosa fosse peggio... inviarlo o non inviarlo.» Gli occhi le si riempirono di lacrime vere, il che mi colse di sorpresa.

«Ah, Grace.» Improvvisamente mi sentivo così fottutamente stanco. Troppo stanco per affrontare queste stronzate. Cosa voleva che dicessi? Che l'avevo perdonata?

Eh. Forse sì. Non lo sapevo.

Vederla in piedi di fronte a me in quel momento con il suo trucco perfetto e le sue unghie finte, mi fece capire quanto fosse superficiale la nostra relazione. Stavamo insieme perché stavamo bene insieme. Ci adattavamo, per quanto riguardava l'organizzazione e le frequentazioni che avevamo. Voleva un ragazzo che mostrasse i soldi in giro. Che la trattasse bene e la scopasse per bene. Che facesse tutti i gesti romantici da manuale.

L'avevo fatto, per lei. E lei aveva fatto quello che avrebbe dovuto fare per me: avere un bell'aspetto al mio braccio. Dire le cose giuste alle riunioni di famiglia, fare quello che le era stato detto.

Non era una relazione. Erano due persone che si muovevano insieme. L'avevamo fatto bene. Fino a quando non avevamo smesso di farlo. Perché la prigione non si adattava al ruolo che lei voleva che interpretassi.

Hannah non mi avrebbe mai cancellato se le cose fossero andate male. Diavolo, tutto con Hannah era già andato storto. Avevo ucciso un uomo sul pavimento del suo negozio. L'avevo legata e tenuta prigioniera. Non le avevo offerto nemmeno una parte del mio cuore oscuro e morto.

E ancora piangeva per me. Ancora mi buttava le braccia al collo quando facevo un brutto sogno, anche quando le avevo quasi rotto il polso per aver cercato di svegliarmi.

La amavo.

Il pensiero mi colpì come una palla da bowling. Soprattutto perché non sapevo cosa farne. Non potevo essere ciò che Hannah si meritava.

Se avessi avuto un minimo di decenza, me ne sarei

andato e l'avrei lasciata fuori dai miei guai in questo preciso momento.

Fissai Grace, mi si agitò lo stomaco. «Sì, Grace, preferirei non venire, onestamente. Ma grazie per avermelo chiesto. Ascolta, ho una domanda, però.»

«Sì?» Alzò le sopracciglia curate.

«Hai già ordinato i fiori?»

Le aleggiò sul viso un'espressione confusa. «Ehm, no, ma lo farò questa settimana, perché?»

«Assicurati di prenderli dal Giardino dell'Eden. Hanno vinto dei premi. Fanno tutti i migliori matrimoni.» Era il vecchio Mando che parlava. Quello a cui importavano i nomi degli stilisti e la possibilità di avere il meglio di tutto. Perché sapevo che a Grace importava ancora di tutta quella merda.

Spalancò gli occhi. «Oh ok. È il posto in cui sei andato quando mi hai mandato tutti quei...» si interruppe e deglutì.

«Sì» dissi dolcemente. «Hanno fatto un ottimo lavoro, vero? Adesso è persino migliorato. È praticamente il migliore in città.

Notai che Marco e Leo mi guardavano pensierosi, ma li ignorai.

Se fossi riuscito a recuperare un qualche affare ad Hannah dal fottuto matrimonio di Grace ed Emilio, lo avrei fatto.

«Va bene, li chiamo domani. Grazie per il consiglio.» Mi guardò di nuovo, con del lieve rimpianto sul viso.

Ero un bastardo perché ancora non me la sentivo di alleggerirne le pene. Ma quando si girò dall'altra parte con le spalle curve, dissi il suo nome, piano.

«Grace.»

Si girò.

«Grazie per essere venuta da me» dissi. Fu il meglio che

potevo offrirle al momento, ma sembrò essere ciò di cui aveva bisogno. Il sollievo le inondò il viso e annuì, sorridendo tristemente.

«Figurati. Buona fortuna Mando. Per tutto.»

«Si Anche a te.»

La guardai allontanarsi e Marco aspettò che fosse fuori portata per dire: «È ancora una fica.»

Avevo dimenticato come si sorrideva, ma gli angoli della mia bocca si contrassero. «Sì, lo è» dissi, ma non c'era niente dietro. E non la sensazione di morte, il vuoto assoluto che avevo sentito quando ero uscito, ma davvero niente. Uno spazio vuoto, in attesa di essere riempito.

Forse stavo davvero tornando tra i vivi.

Capitolo ventitré

Hannah

Una settimana di nausea.

Senza riuscire a bere il vino che Armando mi versava a cena. Sarei stata stupida a non valutare la possibilità.

Eravamo stati attenti... a volte, la maggior parte delle volte. Ma cazzo... non sempre.

Ricordai le probabilità della lezione di educazione sessuale al liceo. Non erano fantastiche.

Presi un test di gravidanza mentre tornavo a casa, correndo per arrivarci prima di Armando.

La nausea nella mia pancia crebbe, probabilmente a causa dei nervi, e quando arrivai a casa nel mio bagno, raddoppiò e vomitai.

Uffa.

Questo non sarebbe dovuto accadere.

Stavo con un ragazzo che non voleva nemmeno essere il mio ragazzo. Stare con Armando era come stare sulle montagne russe delle emozioni. Ma questo avrebbe potuto farci deragliare, farci precipitare verso la dura realtà di sotto. Una gravidanza non pianificata non avrebbe aiutato le cose.

O forse sì, sussurrò la mia stupida vocina speranzosa.

No, non lo avrebbe fatto. Cercai di zittirla a denti scoperti.

Shadow miagolò e avvolse il suo corpicino morbido attorno alle mie caviglie, facendo le fusa. Lo ignorai e lessi le istruzioni del test. Avrei dovuto aspettare la mia pipì mattutina, in modo che gli ormoni fossero più concentrati, ma ero troppo agitata. Avevo comprato quella dannata cosa e dovevo farlo subito. Mi sedetti sul water e puntai il bastoncino nel mio getto di pipì. Poi rimasi lì seduta e aspettai.

La pancia andò sottosopra quando comparirono i risultati. Una debole linea positiva.

Le lacrime mi riempirono gli occhi, ma non ero devastata.

Stranamente, era più per un misto di eccitazione e paura che si agitavano insieme.

E, naturalmente, prima ancora che avessi il tempo di riprendermi, sentii Armando entrare nell'appartamento.

Merda! Non sapevo cosa mi avesse spinta a gettare il test nella lettiera del gattino e a chiudere la busta della spazzatura, ma lo feci. Mi precipitai fuori dal bagno, con il disperato bisogno di liberarmi delle prove prima che lui le vedesse.

«Vuoi che lo butti io?» Prese il sacco della spazzatura chiuso.

«*No*, lo butto io.» Dannazione, sembravo senza fiato. Il mio strano comportamento non passò inosservato. Armando strinse gli occhi e inclinò la testa.

«Torno subito» dissi mentre mi allontanavo dalla porta.

La nausea mi colpì duramente mentre scendevo di sotto. Quasi soffocai davanti al cassonetto, l'odore sgradevole mi spinse oltre il bordo. Scappai via, la mia pancia era ancora sottosopra, ma fortunatamente non spinse il contenuto del mio stomaco verso l'esterno.

Uffa.

Quando salii di sopra, trovai Armando in cucina con in mano la scatola di cartone in cui era arrivato il test, un'espressione stordita e infelice sul viso. «Cazzo, Hannah.»

Era difficile credere che nel giro di due minuti l'energia di una mamma orso sarebbe potuta entrare in me e prendere il sopravvento ma fu così. Mi misi immediatamente sulla difensiva e proteggere il mio bambino divenne l'unica cosa che contava.

«Cazzo!» disse più forte, voltandosi verso il muro e dandogli un pugno. Le sue nocche sfondarono la parete, mandando briciole sul pavimento. «È colpa mia. Non ho usato il preservativo tutte le volte. Ho lasciato che la nostra passione prendesse il sopravvento e... cazzo!»

E con questo, mandò finalmente in frantumi il mio speranzoso cuore rosa da Cenerentola. Non ci sarebbe stato un lieto fine per noi. Non era un principe. Non era nemmeno un fidanzato.

Non voleva né me né questo bambino. E sarei andata all'inferno piuttosto che permettergli di contaminare qualsiasi parte di questa gravidanza. E all'improvviso, le cose divennero cristalline. Dentro di me cresceva una piccola vita che dovevo proteggere. Onorare. Dovevo fare per il mio bambino quello che non avrei potuto fare per me stessa.

Chiedere di più.

Chiedere *molto* di più.

E Armando non me lo avrebbe dato. Semplicemente non poteva. Lo aveva chiarito abbondantemente.

«Era negativo» dissi ad alta voce, improvvisamente grata per l'aver istintivamente seppellito quella prova nella lettiera del gattino. «Ho un ritardo, ma non sono incinta. Volevo solo esserne sicura.»

Armando si girò lentamente indietro e mi guardò.

Non ero una gran bugiarda, quindi cercai di nascondermi dietro un atteggiamento da spaccona. «Ma questa paura della gravidanza ha reso tutto più chiaro.» Respirai affannosamente. «È ora che te ne vada, Armando. Le cose si stanno complicando troppo.» Mi si riempirono gli occhi di lacrime e, per una volta, non me ne vergognai. Erano lacrime oneste e servivano solo a rafforzare la mia determinazione in questo momento. «Non voglio che mi si spezzi il cuore. Sta già scoppiando. Sto crollando. Non posso più farlo.»

Il colore defluì dal viso di Armando. Avrei potuto celebrare il fatto che avesse una reazione emotiva a qualsiasi cosa in circostanze diverse. Ma in questa situazione, il suo shock e il suo dolore si ripercossero su di me, mandando in frantumi quel poco controllo che mi era rimasto.

«Vuoi che me ne vada?»

Annuii.

«Ma ho bisogno di tenerti al sicuro.»

«Puoi farlo da lontano. Fammi controllare dai tuoi uomini» suggerii. «Sappiamo entrambi che ronzarmi intorno mi metterebbe più in pericolo che averti qui. E il fatto che tu resti qui...»

«Hannah...»

Iniziai a piangere sul serio. Senza dubbio gli ormoni non erano d'aiuto. «Ho bisogno che tu te ne vada» dissi tra le lacrime.

Gli occhi di Armando si spensero. Si mise in moto, i suoi movimenti erano scattosi e meccanici. Attraversò l'appartamento e mise le sue cose nel borsone che aveva portato. Sollevò Shadow dal pavimento dove si stava attorcigliando intorno alle nostre caviglie. Se lo portò vicino al viso e baciò la testa del mio gattino. «Prenditi cura di lei, mi hai sentito?»

Andò verso la porta. «Mi dispiace, Hannah.» La sua voce era tesa e roca.

Annuii, cercando di trattenere i singhiozzi.

Sembrava così sbagliato, ma sapevo che era la cosa giusta da fare. Non avrei rifilato questo bambino a un padre che non lo voleva. Non avrei discusso con Armando sulla possibilità di tenerlo o meno.

Lo avrei tenuto. E lui doveva andare. Era l'unica cosa da fare.

Non avevo spazio nella mia vita per un non fidanzato. Non considerando che questo bambino avrebbe avuto bisogno di tutto ciò che potevo dargli.

Mi guardò come se volesse dire qualcos'altro, ma poi annuì e si voltò verso la porta. La aprì, la attraversò e la chiuse senza voltarsi indietro.

E nel momento in cui se ne fu andato, caddi in ginocchio e singhiozzai.

Capitolo ventiquattro

Armando

Il mondo si era oscurato nel momento in cui Hannah mi aveva detto di andarmene.

Sapevo che era meglio così. Avevo sempre saputo che avrei dovuto andarmene perché ero fottutamente tossico per lei. Non avevo niente da offrire e, per di più, ogni minuto che passavo con lei metteva in pericolo la sua vita per via delle persone che mi volevano morto.

E Cristo, quando avevo pensato fosse incinta, non ero riuscito a pensare a niente di peggio. Mettere in pericolo un bambino indifeso? Avrei dovuto lasciarla, non rivederla mai più, nemmeno come amica.

Quindi il fatto che avesse preso la decisione per me avrebbe dovuto renderlo più facile.

Avrebbe dovuto.

Ma una foschia grigia mi era scesa intorno alla vista mentre me ne stavo fermo per strada con il mio borsone e cercavo di capire cosa cazzo avrei fatto.

E poi, dato che onestamente non me ne fregava un

cazzo se gli Hermanos volevano uccidermi adesso, mi diressi verso il mio appartamento.

Presi la metropolitana perché non sopportavo l'idea di starmene rinchiuso con un autista Uber. Al condominio, passai davanti al padrone di casa nel corridoio e lui mi lancio un'occhiataccia.

Non riuscii nemmeno a reagire. Nemmeno a guardarlo. Nemmeno a sbattere le ciglia. E senza dubbio nemmeno a grugnire un ciao.

Formulai un *vai a farti fottere* nella mia testa.

E poi mi ritrovai a bussare alla porta di Marco. Non perché avessi bisogno di una spalla su cui piangere. Fanculo. Ma perché mi sarebbe piaciuto prendere a pugni in faccia qualcuno, e c'erano buonc probabilità che Marco avesse qualcuno a cui mandare un messaggio... da parte del don.

«Ciao, come va?» chiese Marco, spalancando la porta e studiando il mio viso.

Non dissi niente, mi limitai a entrare senza vedere né lui né casa sua.

«Hai qualcuno a cui mandare un messaggio?»

Marco mi lanciò un'occhiata diffidente. «Devi far soffrire qualcuno?»

«Sì.»

Marco si infilò le mani in tasca e piegò il corpo, come se non volesse sopportare tutto il peso della mia attenzione se era diretta su di lui. «Hannah?»

Parte della mia vista appannata si schiarì quando nominò il mio problema.

«Non voglio parlare di lei» ringhiai perché, come avevo detto, avevo voglia di sangue in questo momento.

«Sembravate molto uniti l'altra sera. Inseparabili. Che è successo?»

In un lampo, gli sbattei la schiena contro un muro, soffocandolo con l'avambraccio. «Smettila di chiedermi di lei.»

Mi sembrò di sentirlo sibilare qualcosa tipo succhiacazzi attraverso i denti.

«È finita, e non pronuncerai mai più il suo nome.»

Si morse le labbra e poi digrignò i denti mentre io continuavo a bloccare il suo flusso d'aria. Alla fine mi diede un pugno nelle costole. Due volte.

Forte.

Allentai la presa al secondo pugno perché mi tolse il fiato.

«Pace, Mando.» Vidi le mani di Marco alzate quando sollevai la testa. «Calmati, amico.»

Avrei voluto tantissimo di prenderlo a pugni sui denti, ma gli volevo anche troppo bene per farlo.

«Che cazzo sta succedendo?» Leo comparve in soggiorno.

Marco fece un passo laterale, tenendo le spalle dritte verso di me come un pugile che gira intorno al suo avversario. «Mando vuole uccidere qualcuno. Sto cercando di impedire che scelga me.»

Oh, fanculo. Lo colpii. Si abbassò e si avventò su di me, facendomi cadere sulla schiena. In un attimo, sia lui che Leo erano seduti su di me, tenendomi fermo.

«Problemi con le ragazze» disse Marco a Leo.

«Vaffanculo» ringhiai, lottando per liberarmi.

«Calmati, amico. Siamo dalla tua parte. Se vuoi del sangue, andiamo a prenderne un po'. Prima però parliamone» disse Marco.

Alzai la testa e la sbattei sul pavimento di legno. E poi lo rifeci.

«Ti ha sbattuto fuori?»

La sbattei più forte. «Quando ti dico di non parlare di

lei, dico sul serio» mi arrabbiai. Non riuscivo a liberarmi dei miei due cugini, che erano determinati a trattenermi.

«Che cazzo sta succedendo?» chiese Leo.

«La sua ragazza» Marco spiegò in parte. Mi guardò. «Che è successo? L'hai fatta incazzare?»

La rabbia defluì da me e tornai a essere l'uomo vuoto che ero. Peggio che mai, però. Cercai di deglutire, cercando anche di rimettere in ordine il miscuglio di immagini nella mia mente.

Il test di gravidanza.

La faccia tesa di Hannah. Le sue lacrime.

Sto crollando. Non posso più farlo.

«L'ho spinta via» gracchiai, disgustato da quella consapevolezza.

L'espressione di Marco non mostrava nulla. Entrambi avevamo perfezionato le nostre maschere. «Non puoi rimediare?»

«No» gracchiai. «Non posso essere ciò di cui ha bisogno. Un'intera banda mi vuole morto. Sono un dannato pericolo per lei.»

Marco continuò a guardarmi passivamente. «Quindi dobbiamo sistemare questa cosa.»

Lo guardai. Se quel problema fosse sparito, avrei potuto essere ciò di cui Hannah aveva bisogno?

Il malessere allo stomaco riaffiorò.

Neanche per sogno, cazzo.

Non ero niente. Non avevo niente da offrire. Non sapevo nemmeno più chi cazzo fossi. Non avevo una vita, niente.

Chiusi gli occhi, tutta la lotta rimanente abbandonò il mio corpo. «No.»

«No?» chiese Marco, con voce di sfida.

«No» dissi con fermezza. «Non posso essere quel ragazzo per lei.»

«Ti dirò una cosa» disse Marco, allontanandosi da me. Leo lo seguì. Mi prese le mani e mi tirò in piedi. «Il Mando che conosco capisce cosa fare quando vuole qualcosa.»

Lo fissai. Il risentimento mi bruciava nelle viscere. Ora che provavo di nuovo delle emozioni, avrei voluto dare fuoco a tutta la fottuta città. «Il Mando che conosci è morto» gli dissi ed uscii dalla porta.

«Aspetta, amico. Vuoi ancora spaccare la faccia a qualcuno?»

Mi fermai. Scrocchiai le nocche. «Cazzo, sì.»

«Andiamo. Ho una visita da fare.»

Capitolo venticinque

annah
H Andai a casa dei miei genitori per la cena della domenica. Avevo pensato di annullare, ma in realtà speravo che mia madre sapesse in qualche modo la cosa giusta da dirmi per rimettermi in sesto. Alle volte era brava a farlo.

Avevo pianto per cinque giorni di fila. Non posso fermare i rubinetti. Ero sempre stata una che piangeva molto e sapevo che gli ormoni non erano d'aiuto, ma era ridicolo.

La scorsa settimana, avevo provato a gestire il mio negozio e interagire con le persone e mettere insieme le composizioni, e per tutto il tempo le lacrime mi avevano rigato il viso. Josie era dovuta subentrare e occuparsi degli ultimi due giorni, in modo da permettermi di restare a casa con la testa sotto le coperte.

Entrai senza bussare. Mia madre era al bancone e preparava un'insalata. Sprofondai su una sedia della cucina, troppo esausta anche solo per avvicinarmi e abbracciarla.

«Hannah? Cosa c'è che non va piccola?» Mia madre si

173

precipitò da me e mi avvolse in uno di quegli abbracci materni che di solito rendevano tutto migliore.

Piansi sulla sua spalla. «Sono incinta» sbottai. «E ho rotto con Armando.»

Mi strinse ancora di più. «Oh, piccola.» Mi massaggiò la schiena con movimenti circolari.

«Mi dispiace, mamma.» Mi aveva spiegato fin da piccola l'uso delle precauzioni per evitare che rimanessi incinta fino a quando non fossi sposata e pronta per mettere su famiglia, ma avevo rovinato tutto.

«Non preoccuparti per me» disse. «Preoccupiamoci per te, tesoro. È tanto da gestire.»

«Sì.» Arrivò una nuova ondata di singhiozzi.

«Ehi, ehi.» Mi diede una piccola scossa. «È una cosa grande. Ma sai che starai bene, vero? Non importa come andranno a finire le cose.»

Tirai su col naso e annuii sulla sua spalla. «Non so dire se ho commesso un errore» dissi tra singhiozzi e lacrime.

«A chiudere le cose con Armando?»

«Sì.» Mi allontanai e mi asciugai gli occhi. «Ma mi stava spezzando il cuore, sai? Ha detto che non poteva essere il mio ragazzo perché era troppo incasinato.»

Mia madre mi studiò, con un'espressione preoccupata impressa nei lineamenti del viso. «Beh, puoi cambiare idea.»

Nuove lacrime mi sgorgarono sulle guance.

«Cosa sta succedendo...» disse mio padre dalla porta, ma mia madre gli fece cenno di allontanarsi e lui si ritirò rapidamente.

«Non lo so, mamma. È che fa così male. Pensavo che mi sarei sentita forte ponendo fine alle cose. Mi sentivo forte mentre lo facevo. Ma ora sono solo un disastro.»

«Sì» disse piano mia madre. «Le rotture non sono mai facili, anche quando è la decisione giusta.»

Sollevai la testa di scatto, lo stomaco si strinse in un nodo crudele. «Pensi che sia stata la decisione giusta?»

«Non ho detto questo» mi avvertì. «Non so quale sia la risposta giusta. Ma so una cosa. Sei intelligente e forte. E hai un cuore enorme. E so che sarai in grado di capirlo con successo.»

La fissai disperata. Volevo crederle, ma un lieto fine sembrava completamente impossibile in questo momento. Mi sarei accontentata di poter chiudere i rubinetti per cinque minuti.

«Cosa devo fare con Armando?» sussurrai, anche se conoscevo mia madre, e sapevo che lei non mi avrebbe dato la risposta.

«Beh, ti dirò una cosa. Se tieni questo bambino, non ci sarà modo di liberarsene. Quando hai un bambino con un uomo, lui è nella tua vita per il resto dei tuoi giorni, sia che voi due stiate insieme o che siate separati. A meno che lui non scelga di abbandonare la sua responsabilità.»

«E se non lo scoprisse mai?» gracchiai, sapendo quanto fosse sbagliato, ma aggrappandomi ancora all'idea.

«Che cosa?»

«Non gli ho raccontato del bambino» ammisi in un sussurro.

«Perché no?» La voce di mia madre si fece più acuta.

Sospirai. «Be', quando ha visto la scatola del test, è andato fuori di testa. Quindi ho capito che davvero non lo vuole. È stato allora che gli ho detto di andarsene. E ho semplicemente mentito dicendo che il test è risultato negativo.»

Percepii il giudizio di mia madre mentre faceva un respiro lento. «Allora fammi capire bene. Hai rotto con lui perché non ha reagito come volevi quando è stato preso alla sprovvista dall'idea di una gravidanza?»

Mi infilai il labbro inferiore in bocca e lo succhiai. Suonava un po' estrema, messa in questo modo. «È emotivamente non disponibile» affermai.

Mia madre annuì lentamente. «Potrebbe benissimo esserlo, ma mi sembra che abbia provato qualche emozione. Stress, forse? Il che è giustificato. Perché avere una gravidanza inaspettata è un grosso problema.»

Beh, *ok*.

Mi asciugai altre lacrime. «Cosa dovrei fare?»

«Bene, la domanda migliore è: cosa pensi che dovresti fare?»

Odiavo dannatamente quando diceva cose del genere. Scossi la testa. «Non lo so.»

Mia madre annuì. «Invece penso che tu lo sappia.»

Mi fece male il petto quando mi resi conto che per mia madre il mio *non lo so* fosse una cazzata, proprio come la pensava Armando, solo in modo più gentile.

Tutti i modi in cui mi aveva prestato attenzione mi affollarono la mente. Poteva anche aver affermato di non avere nulla da offrire, ma non era vero. Si era preso cura di me. Aveva notato quando ero andata fuori di testa o mi ero arrabbiata e non aveva lasciato correre. Aveva provato a sistemare le cose quando si erano rotte.

E io cosa avevo fatto?

Ero scappata dai miei problemi, come sempre. Avevo deciso di non occuparmene.

Me l'ero filata. Da lui. Da noi.

Forse se gli avessi dato una possibilità, sarebbe stato all'altezza dell'occasione di diventare papà. Era difficile immaginare che avrebbe smesso di prendersi cura di me.

E poi mi sentii improvvisamente stanca morta.

Mi strofinai le mani sulle guance e mi alzai. «Non credo

di poter restare a cena, mamma» dissi. «Per favore, non dire ancora a papà cosa mi sta succedendo. Devo capire le cose.»

Mia madre lanciò un'occhiata verso il soggiorno e mi fece un'alzata di spalle senza garantirmelo. «Potrebbe aver già sentito abbastanza, ma lascerò che sia tu a dirglielo.» Mi strinse in un altro abbraccio. «Ti voglio bene bambina mia. Niente è insormontabile. Ricordatelo.»

Annuii. «Ti voglio bene mamma.»

Capitolo ventisei

Armando

Il cielo della sera era tinto di sfumature arancioni e rosa mentre arrancavo su per le scale del mio appartamento, il peso di una lunga giornata mi opprimeva come un pesante mantello. Non appena aprii la porta ed entrai, i miei pensieri corsero ad Hannah. La sua risata mi riecheggiava in mente come una melodia, la sua presenza calmava la mia anima stanca. Ma il pericolo era in agguato sotto la superficie – l'oscurità minacciava di consumarci entrambi – gettava un'ombra incrollabile sul mio cuore.

Crollai sul letto, senza preoccuparmi di cambiarmi i vestiti e permisi al sonno di reclamarmi. Ma invece di trovare rifugio nel tepore del sonno, fui catapultato in un incubo che mi gelò nel profondo.

Ero in piedi nel mezzo di un magazzino abbandonato, l'aria densa di tensione e paura. Le pareti si stagliavano alte sopra di me, come antichi guardiani di un regno abbandonato, mentre le ombre danzavano sul pavimento di cemento crepato. Il cuore mi batteva all'impazzata, ogni battito martellava contro il mio petto come se cercasse di liberarsi dalla sua gabbia.

«Dove mi trovo?» sussurrai, la mia voce era appena udibile al di sopra del silenzio inquietante.

Un'improvvisa raffica di vento mi fece venire i brividi lungo la schiena e mi avvolsi tra le braccia per confortarmi, ma fu inutile. Non riuscivo a scrollarmi di dosso la sensazione che qualcosa non andasse bene, che qualche forza malvagia mi avesse intrappolato qui in questo luogo desolato.

«Armando» sentii chiamare una voce familiare, che echeggiò nel vasto vuoto.

Hannah. Il suono della sua voce scatenò in me una vampata di panico, accendendo ogni istinto protettivo che possedevo. Dovevo trovarla, per assicurarmi che fosse al sicuro dai pericoli che avevano perseguitato il mio passato e che ora minacciavano il nostro futuro.

«Dove sei?» gridai disperatamente, mentre la voce mi si incrinava per la tensione dell'emozione.

«Aiutami, Armando» supplicò, con voce distante e attutita dall'oscurità opprimente.

Strinsi i denti, la mia determinazione era dura come l'acciaio. Qualunque cosa fosse servita, l'avrei trovata e protetta dalle ombre del mio passato che erano venute a reclamare entrambi. Ad ogni passo che facevo, la determinazione scorreva sempre più nelle mie vene, alimentando il mio bisogno di salvare la donna che aveva catturato il mio cuore e risvegliato un feroce amore dentro di me.

Le grida soffocate di Hannah si fecero più forti, guidandomi attraverso l'oscurità. Il cuore mi martellava contro il petto, il respiro usciva in rantoli irregolari mentre navigavo

*nella struttura labirintica di questo magazzino abbandonato.
L'aria era pesante e opprimente intorno a me, un peso tangibile sulle mie spalle che facevo fatica a scrollarmi di dosso.*

«Armando!» *mi chiamò di nuovo, la voce le tremava per
la paura.*

«Continua a parlare, Hannah» *gridai in risposta, le mie
parole grondavano di disperazione.* «Sto venendo da te.»

«Ti prego... sbrigati» *sussurrò, il suono raggiunse a malapena le mie orecchie.*

*Mi spinsi più veloce, correndo attraverso il labirinto di
ombre ed echi, scoprendo ad ogni svolta un altro vicolo cieco
o un corridoio vuoto. Ma mi rifiutavo di arrendermi, spinto
dalla consapevolezza che la vita di Hannah dipendeva dal
fatto che io la trovassi.*

«Armando... sono così spaventata» *ammise, la voce rotta
dal peso del terrore.*

«Sii forte, Hannah» *la implorai, mentre la mia paura
filtrava nelle parole.* «Ti troverò. Te lo prometto.»

*Alla fine, dopo quella che sembrò un'eternità, raggiunsi
una stanza poco illuminata nel cuore del magazzino. E lì,
legata a una sedia al centro dello spazio, c'era Hannah.
Nuda, vulnerabile e tremante di paura. I suoi occhi si fissarono sui miei, spalancati e imploranti.*

«Armando» *ansimò, le lacrime le rigavano le guance.*
«Mi hai trovata.»

«Sono qui» *dissi, la voce tesa per il sollievo e la determinazione.* «Non permetterò che ti succeda niente.»

*Mentre mi avvicinavo, potevo vedere le corde che le
stringevano la pelle, lasciando segni rossi sui polsi e le caviglie. Armeggiai con i nodi, la mia urgenza rese il compito più
difficile di quanto avrebbe dovuto essere.*

«Chi ti ha fatto questo?» *chiesi, cercando di mantenere la
voce ferma mentre mi sforzavo di liberarla.*

«*Non lo so*» *ammise, gli occhi le guizzano per la stanza come se cercassero risposte.* «*Hanno tenuto i loro volti nascosti.*»

«*Una volta che ti avrò tirata fuori di qui, faremo in modo che non ti facciano più del male*» *promisi, con le mani che tremavano per la rabbia e la paura.*

«*Pensi davvero che possiamo sfuggirgli?*» *La sua voce era appena un sussurro.*

«*Cazzo sì*» *risposi, forzando la fiducia nelle mie parole anche se il dubbio rodeva i margini della mia mente.* «*Non permetterò a nessuno o niente di mettersi tra di noi. Non ora, né mai.*»

Un debole sorriso le guizzò sulle labbra, i suoi occhi brillarono di amore e fiducia, nonostante il terrore che aleggiava ancora nelle loro profondità. E in quel momento, giurai a me stesso che, qualunque cosa fosse servita, avrei protetto questa donna, colei che aveva riportato la luce nel mio mondo oscuro e mi aveva dato una ragione per lottare per un futuro migliore.

«*Grazie*», *sussurrò.*

«*Sempre, Fiori. Sempre*» *risposi, con il cuore gonfio di determinazione, mentre finalmente scioglievo l'ultimo nodo, liberandola dai legacci.*

Mentre mi avvicinavo ad Hannah, l'aria intorno a noi sembrò addensarsi, come carica di una tempesta imminente. Mi si rizzarono i peli sulla nuca e un brivido di terrore mi percorse la schiena. Senza preavviso, il magazzino si riempì del mormorio sommesso delle voci, voci che riconobbi fin troppo bene.

«*Armando*» *sussurrò Hannah, gli occhi spalancati dalla paura.* «*Chi sono?*»

«*Stai zitta*» *la esortai, con voce appena udibile. Sentivo la loro presenza che si avvicinava, come avvoltoi che circondavano la loro preda.*

«È tanto tempo che non ci vediamo, Mando» sogghignò uno di loro, uscendo dall'ombra. Il suo sorriso era crudele, gli occhi freddi e calcolatori. Lo riconobbi come uno dei miei ex complici mafiosi, un uomo che speravo non avrebbe incrociato mai più la mia strada.

«Lasciala in pace» ringhiai, posizionandomi tra Hannah e le figure minacciose. Il cuore mi martellava contro la gabbia toracica, ma mi rifiutavo di far vedere loro qualsiasi segno di debolezza. Il mio mondo oscuro mi aveva trovato, ma sarei andato all'inferno piuttosto che farmi portare via l'unica persona che contava davvero per me.

«Ah, quindi questa è la ragazza per cui ti sei sbattuto così tanto, eh?» intervenne un altro, guardando maliziosamente Hannah. «Avresti dovuto sapere che prima o poi ti avremmo trovato, Armando.»

Mi guardai alle spalle, incrociando gli occhi con Hannah. Il suo sguardo era pieno di terrore, ma c'era anche un lampo di determinazione. Come se mi stesse esortando silenziosamente a reagire.

«Allontanati da lei» ringhiai, stringendo i pugni lungo i fianchi. Volevo proteggere Hannah con ogni fibra del mio essere, proteggerla da questi mostri e dagli orrori che rappresentavano.

Come se avessero percepito la mia determinazione, quegli uomini si lanciarono in avanti, i volti contorti dalla malvagità e dalla vendetta. Mi gettai nella mischia, tirai su i pugni facendoli sbattere contro il primo aggressore. L'impatto mi fece sobbalzare il braccio, ma alimentò solo la mia adrenalina.

«Armando!» gridò Hannah con la voce strozzata dalla paura.

«Stai indietro!» urlai, mentre la disperazione mi artigliava le viscere e mi sforzavo di tenere a bada gli assalitori.

Ma continuarono a venire, troppi per permettermi di gestirli da solo. La maggioranza numerica gli dava un vantaggio che non potevo superare, non importava quanto ferocemente combattessi. Mi piombarono addosso colpo dopo colpo, ognuno con brutale precisione.

Il dolore divampò nel mio corpo, ma non era niente in confronto all'agonia di sapere che questi uomini erano qui a causa mia, a causa della vita che avevo condotto prima di incontrare Hannah. Il mio passato mi aveva raggiunto e ora era lei che ne avrebbe pagato il prezzo.

«Armando» sussurrò, con gli occhi pieni di amore e fiducia, anche se le lacrime le rigavano le guance. «Stanotte è la notte in cui morirò.»

Mi svegliai con la voglia di morire. Era la quarta cazzo di notte di fila che sognavo Hannah. Incubi. Sempre con lei in pericolo a causa mia. In procinto di essere uccisa. Torturata, mentre urlava il mio nome. Tutto per ferire me. Questa volta era ambientato al Lollipops. Era lì, ma legata a una sedia, nuda.

Come se fossero i ragazzi dell'organizzazione a volerle fare del male e non una banda di strada.

Stava urlando il mio nome, implorando... non che la lasciassero in pace, ma che non mi uccidessero.

Non sapevo dov'ero nel sogno. Lì, ma incapace di aiutare. I miei arti non si muovevano. La mia bocca non poteva parlare. Avevo provato a gridare, a combattere, ma non era successo niente.

Rotolai giù dal letto. Indossavo ancora i vestiti del giorno prima, ero fradicio di sudore, puzzavo di whisky.

Dalla notte in cui Hannah aveva rotto con me, mi ero ubriacato fino a stendermi ogni notte, ma l'alcol aveva fatto ben poco per intorpidire la sensazione di avere il cuore tagliato con una motosega. Tutto turbinava intorno a me come una nebbia.

Mi tolsi i vestiti ed entrai nella doccia. Per tutta la settimana avevo sfidato il destino. Ero stato nel mio appartamento. Ero andato al lavoro. Avevo camminato in pieno giorno. Avevo fatto tutto il possibile per sfidare gli Hermanos a trovarmi, ma il mio desiderio di morte non aveva trovato risposta.

Volevo solo sistemare le cose. Uccidere o essere ucciso.

Allora, forse, avrei trovato la mia via d'uscita dall'oscurità.

Mi squillò il telefono mentre ero sotto la doccia, chiusi l'acqua ed uscii a prenderlo.

«Luigi.»

«Ehi, ho parlato con uno degli Hermanos. Non si tratta del ragazzo che hai finito in prigione, a loro non sembra importare. Si dice che alcuni di loro lavorino su commissione. Niente di personale.»

Niente di personale.

«Hai scoperto chi l'ha assunto?»

«No. Il tizio con cui ho parlato non lo sapeva. Continuerò a provare, però.»

«Sì. Grazie.»

«Uh-huh. Per te va bene?»

«Quanto ti devo?»

«Settecento.»

Erano settecento dollari per poche informazioni, ma non mi lamentai. «Te li farò avere.»

«Bene.» Attaccò e io restai lì, gocciolante.

Tutto quello a cui riuscivo a pensare era Hannah. Dovevo annullare quel fottuto accordo.

Per lei.

Anche se non avesse voluto vedermi mai più.

Anche se non avessimo parlato mai più, se non ci fossimo toccati mai più.

Capitolo ventisette

rmando

Il bar scarsamente illuminato sembrava un'estensione della notte all'esterno mentre spingevamo le pesanti porte. L'aria era densa di fumo di sigaretta e del mormorio sommesso di conversazioni mormorate.

«Scotch, liscio» ordinai burbero, con voce tesa, tradendo il tumulto che avevo cercato di nascondere con tutte le mie forze.

Marco e Leo si scambiarono sguardi preoccupati.

«Facciamo tre» aggiunse Marco, con la voce ferma e forte.

Il barista annuì in segno di riconoscimento, mettendo davanti a noi tre bicchieri. Il liquido ambrato catturava la poca luce che filtrava attraverso la foschia fumosa, proiettando un caldo bagliore sul tavolo di legno consumato.

Non persi tempo, afferrai il mio drink e lo buttai giù con un movimento rapido. Il tintinnio del vetro contro il legno scandì il momento, e mi venne in mente che stavo cercando conforto nel fondo di un bicchiere. Non ero mai stato quel tipo di uomo prima.

Forse lo ero adesso.

«Stai bene, amico?» chiese Marco. «Hai un aspetto di merda.»

«Va tutto bene» risposi seccamente, ma il modo in cui le mie mani afferrarono il bordo del tavolo dicevano una storia diversa.

«Parla con noi, amico» sollecitò Leo. «Siamo qui per te.»

«Come ho detto, sto bene» insistetti, ma la voce mi tremava leggermente, rivelando le crepe nella mia armatura.

«Come te la cavi dopo tutta la storia con Hannah?» chiese Marco, con voce gentile e preoccupata. Il suo sguardo era fermo e sincero, in esso c'era una dolcezza che raramente avevo visto.

Feci un respiro profondo, sapendo che non potevo più evitare questa conversazione. «È dura» ammisi, la voce mi si incrinò leggermente. «Ma è meglio così. Mi ha chiesto di andarmene e non posso biasimarla. Da allora ho cercato di togliermela dalla testa. Fallendo in modo epico.»

«Ehi, non essere così duro con te stesso» rispose Marco, posandomi una mano rassicurante sulla spalla.

«Basta con me», dissi, cercando di cambiare argomento. «Come va il culo, *cugino?*» Era un debole tentativo di fare dell'umorismo, ma cercavo disperatamente di deviare la conversazione dal mio stesso dolore.

Marco ridacchiò, scuotendo la testa. «Me lo stai chiedendo davvero? Va bene, a volte fa male da morire, ma sopravviverò.»

«Adesso ti chiedono del tuo culo ogni giorno» intervenne Leo, alzando gli occhi al cielo. «Quel tuo culo sta diventando famoso.»

«Non essere geloso del mio famoso culo» ribatté Marco con un sorrisetto, prima di voltarsi di nuovo verso di me.

«Ma sul serio, Mando, siamo qui per te, amico. Se hai bisogno di parlare, faccelo sapere.»

«Grazie» mormorai, bevendo un altro sorso del mio drink. Bruciò scendendo, ma accolsi con favore la sensazione, qualsiasi cosa per aiutare a intorpidire il dolore dentro di me.

Mentre il calore dell'alcool si diffondeva nel mio petto, non riuscii a fare a meno di pensare ad Hannah. Al suo sorriso, alle sue risate, al modo in cui mi faceva sentire di nuovo vivo. Ma quella vita era finita adesso, e tutto ciò che restava era la fredda, dura realtà del mio passato.

«Devo essere sincero con te, amico» disse Leo, sporgendosi in avanti con un'espressione seria. «Sei un fottuto combattente. Lo sei sempre stato. Non ti arrendi così facilmente alle situazioni di merda, amico. Perché cazzo dovresti semplicemente andartene? Ovviamente tieni a questa ragazza. Allora perché cazzo sei qui con noi invece di cercare di riprendertela?»

Fissai il mio bicchiere, il liquido ambrato che turbinava mentre valutavo le sue parole. La verità era che andarmene era stata la cosa più difficile che avessi mai fatto. Ma che scelta avevo?

«Non volevo andarmene» confessai, il peso delle mie emozioni minacciava di sopraffarmi. «Ma non posso rischiare di ferire Hannah. La nostra vita... è pericolosa. Ci raggiungerà e lei sarà nel mirino. Lei merita di meglio.»

«Merita di meglio?» mi sbeffeggiò Leo, che chiaramente non credeva alla mia argomentazione. «Lei merita un uomo che la ami, e da quello che ho visto, quello sei tu. Forse è ora di smetterla di scappare dal tuo passato e affrontarlo a testa alta. Per lei.»

«Forse hai ragione» ammisi, stringendo le dita intorno al bicchiere. «Forse devo confrontarmi con il mio passato se voglio la possibilità di un futuro con Hannah. Ma da dove cazzo comincio?»

«Devi vederla» intervenne Marco. «Parla con lei. Dille tutto quello che ci hai appena detto: delle tue paure, del tuo amore, della tua volontà di combattere per lei. Così, insieme, potete capire il modo migliore per andare avanti.»

«Forse» concordai, mi si gonfiò il petto di nuova determinazione e persino speranza. Forse avevano ragione i miei cugini. Non potevo lasciar andare Hannah senza combattere. Lei significava troppo per me.

«Andando via senza combattere, l'hai già persa. Avevi qualcosa di speciale con Hannah e l'hai lasciata andare» disse Marco.

«Marco ha ragione» aggiunse Leo, sporgendosi in avanti nel separé. «Non hai nemmeno combattuto per la tua relazione. Tutti abbiamo i nostri demoni, ma questo non significa che non possiamo lottare per l'amore.»

Li guardai entrambi, le loro espressioni erano un misto di frustrazione ed empatia. Il mio petto era stretto, i miei pensieri consumati dal ricordo del viso di Hannah quando ero uscito dalla sua porta.

«Ricordate quando eravamo bambini?» chiesi, cercando di cambiare argomento. «Chierichetti, tutti e tre. Chi avrebbe mai pensato che saremmo finiti dove siamo adesso?»

«Sicuramente non io» ridacchiò Marco. L'umore si alleggerì un po'. «Ma questa è la vita, giusto? È imprevedibile.»

«Dannazione» concordò Leo. «E sai cos'altro è imprevedibile? L'amore. Ma questo non significa che non dovremmo lottare per averlo.»

«Sei fortunato» disse Marco, con la voce piena di sincerità. «Darei qualsiasi cosa per avere più di una semplice scopata qua e là. Tu e Hannah avete qualcosa di reale. Non buttarlo via come se niente fosse.»

«Inoltre» intervenne Leo, sorridendo compiaciuto mentre faceva roteare il ghiaccio nel suo drink, «sei sempre stato un bastardo testardo. Perché arrenderti così facilmente?»

Non riuscii a fare a meno di sorridere alle loro parole, sapendo che entrambi avevano ragione. Erano stati con me nella buona e nella cattiva sorte e non mi avevano mai guidato nel modo sbagliato.

«Va bene, va bene» concessi, la mia determinazione cominciava a rafforzarsi. Forse me ne ero andato troppo in fretta. Forse avrei dovuto lottare più duramente.

«Dannatamente giusto» annuì Marco, i suoi occhi incontrano i miei con determinazione. «Ora tocca a te sistemare le cose.»

«Bravo.» Leo sorrise, alzando il bicchiere per un brindisi. «Al lottare per l'amore e trovare la strada per tornare a casa.»

«*Salute*» rispondemmo eco io e Marco, facendo tintinnare i bicchieri prima di bere. L'alcool bruciò come coraggio liquido.

Nonostante il crescente calore nel mio petto, l'incertezza mi rodeva ancora. Non riuscivo a scrollarmi di dosso la sensazione di camminare sul filo del rasoio tra amore e distruzione. Le parole dei miei cugini mi avevano dato speranza, ma non mi avevano convinto del tutto.

«Va bene» dissi alla fine, costringendomi a sembrare più sicuro di quanto mi sentissi. «Smetterò di andare in giro depresso. Ma ho bisogno di pensarci bene prima di intraprendere qualsiasi azione.»

«Giusto» riconobbe Marco, socchiudendo gli occhi mentre mi studiava. «Non aspettare troppo a lungo, ok?

Sappiamo entrambi che donne come Hannah possono andare perse in pochi secondi.»

«Credimi, lo so» mormorai, mentre i miei pensieri passavano dalla pietà alla rabbia. Il pensiero che lei stesse con un altro uomo mi mandò dentro pensieri omicidi. «Ci penserò.»

«Bene» sorrise Leo, il suo umore cambiò mentre batteva le mani. «Ora, alleggeriamo un po' l'atmosfera, va bene?»

«D'accordo» ridacchiò Marco, alzando il bicchiere. «Al non avere proiettili nel culo!»

L'assurdità del brindisi mi strappò una mezza risatina e alzai il mio bicchiere per unirlo al loro. «Amen.»

I nostri bicchieri tintinnarono insieme con un suono soddisfacente e per un momento mi concessi di dimenticare il peso che avevo sulle spalle. Brindammo al nostro cameratismo condiviso: tre cugini legati dal sangue, dalla lealtà e dai fantasmi del nostro passato.

Con il passare della notte, la conversazione si allontanò da Hannah e tornò ad argomenti più leggeri. Apprezzavo i tentativi dei miei cugini di distrarmi, ma non potevo fare a meno di sentire il persistente strattone dei miei pensieri che mi riportava da lei.

L'avevo lasciata andare.

Avevo fatto una cazzata.

Ma non sarebbe stata la prima volta che sabotavo la mia vita.

La domanda ora era cosa avrei fatto dopo? Avrei continuato a scavarmi la fossa o avrei camminato verso la luce, cioè Hannah?

Capitolo ventotto

annah

Venerdì mi trascinai di nuovo al lavoro, ma indossavo la maglietta sbiadita dei Cubs di Armando, quella con un buco vicino al colletto. Era nella mia cesta perché l'avevo infilata dopo aver fatto sesso una notte, quindi non l'aveva messo in valigia quando se n'era andato.

Non sapevo perché l'avevo indossata oggi, per torturarmi? Non aveva davvero senso.

Avevo davvero pensato a quello che mi aveva detto mia madre.

Forse ero stata frettolosa a rompere con Armando. Di certo non dirgli del bambino era stato sbagliato. Lo sapevo anche prima che mia madre lasciasse trapelare il suo giudizio. Ma sentirlo riflesso su di me l'aveva reso evidente.

Mi ero sentita come la parte lesa, forse perché il mio cuore era dannatamente dolorante, ma in realtà ero stata io a causare questo dolore. Per entrambi, ammesso che anche Armando fosse in lutto.

Aprii l'album delle composizioni del matrimonio e il

listino prezzi e lo spinsi sul bancone. Stavo aiutando una coppia a ordinare fiori per il loro matrimonio. Era solo il terzo ordine di matrimonio che prendevo da quando avevo rilevato il negozio, quindi nonostante il mio umore basso, ero grata. Il futuro sposo un po' annoiato sembrava familiare. Ero abbastanza sicura che fosse uno dei mafiosi che si tagliavano i capelli alla porta accanto. Quindi sembrava che oliare gli ingranaggi funzionasse.

Grazie a Dio, cazzo.

«Ho sentito che sei una fioraia pluripremiata» disse la futura sposa, guardandosi intorno.

Arrossii, chiedendomi se il posto assomigliasse a un negozio pluripremiato. Inoltre, mi chiesi dove diavolo avesse sentito una cosa del genere. Ma fanculo, le mie composizioni erano buone, dannatamente buone. Meglio di quelle di Mary Alice. E avevo buone possibilità di vincere un premio in quella competizione in un paio di mesi. Raddrizzai le spalle.

«Qui ci piace mantenere le cose fresche e originali. Ho ragionato molto sulle mie composizioni per adattarle alla persona o alla coppia.

Mi maledissi per non aver aggiornato il libro delle composizioni con i miei disegni: le foto erano ancora quelle di Mary Alice. Ma lasciai perdere il libro e iniziai a proporre a questa coppia quello che gli piaceva in base a quello che vedevo. «Di che colore saranno vestite le tue damigelle?»

«Abiti da cocktail neri di loro scelta» disse.

«È un matrimonio serale?»

«Sì.»

«Quindi si può fare quasi tutto con i fiori. Hai delle preferenze?»

Vagò per il locale con lo sguardo. «Rose, immagino» disse.

«Le rose sono classiche, ovviamente. Il bianco o il rosso sarebbero i più formali, oppure potresti scegliere qualsiasi altro colore che preferisci.»

La sposa sembrò incerta.

«Oppure potresti fare qualcosa di assolutamente unico. Mischiare qualcosa di esotico con le rose. Come le rose rosa e rosa antico con le peonie. O con i gigli orientali.»

Lei si illuminò. «Sì, qualcosa di unico suona grandioso. Mi piacerebbero le peonie.»

Le feci delle proposte seguendo un ordine, suggerendo possibilità per la disposizione dei tavoli, dell'altare, delle decorazioni, delle damigelle, dei testimoni dello sposo e, naturalmente, del suo bouquet. Alla fine, formulammo un pacchetto di circa 2500 dollari, e il ragazzo non sembrò battere ciglio.

«Allora come hai saputo di noi?» chiesi, sperando di sembrare casuale. Costringendomi a fare un tentativo di essere gradevole, anche se non ne avevo voglia.

«Armando Rossi» disse la sposa.

Poi si fermò, vagò con gli occhi lentamente dal mio viso al mio petto. No, alla maglietta. «Aspetta, tu stai... *uscendo* con Armando?» chiese incredula.

Lo shock mi attraversò, riflesso nei suoi occhi e, stranamente, in quelli del suo fidanzato.

Sbattei le palpebre rapidamente. Dannazione. Avevo superato tutto il giorno senza una lacrima. «Ah...» non sapevo nemmeno cosa dire. Mi tornò la nausea.

Perché non mi ero resa conto che, ovviamente, era stato Armando a dire loro che avevo vinto un premio. Chi altro?

E poi arrivò un'ulteriore realizzazione. «Sei Grace?»

Mi fissò con pura curiosità. «Esci con lui. Oh. Non ci avevo proprio pensato.»

Il suo fidanzato si accigliò. «Tu e Armando?» chiese, agitando un dito da me al mio cellulare.

«No. Beh, prima. Ma è...»

Non sapevo perché mi fosse sembrato così sbagliato dire di no. Volevo rivendicare Armando come mio di fronte a queste persone. Di fronte alla sua ex ragazza e al suo nuovo fidanzato. Forse era per aiutare a ripristinare l'orgoglio di Armando, forse il mio. Non ne ero sicura.

«È complicato. Ma sì», risposi, alzando il mento.

«Ehi. Va bene. Scusa, non volevo metterti in imbarazzo» disse Grace. «Armando mi ha detto che dovevo venire qui per ordinare i fiori per il mio matrimonio, ma non mi ha fatto capire che voi due avevate una storia. Congratulazioni. Insomma, sono davvero contenta per lui. Per entrambi.»

Mi si contorse lo stomaco per la bugia. Per il fatto di desiderare qualcosa di cui essere contenti.

Stranamente, pensai che lei fosse sincera.

Il suo ragazzo mi guardò con uno sguardo freddo e valutativo che mi innervosì. Insomma, cosa diavolo stava cercando di capire?

La mia mano scese protettivamente sul mio addome e il suo sguardo seguì il movimento.

Mi schiarii la gola. «Il totale dell'anticipo è di milletrecento quarantotto dollari» dissi.

«Certo, bambola.» Emilio tirò fuori una mazzetta di contanti con quella spavalderia che ero abituata a vedere dai miei clienti mafiosi e tirò fuori millequattrocento dollari. «Tieni il resto e dai alla mia signora un bel bouquet, va bene? Qualunque cosa lei voglia.» Si rivolse a Grace. «Vado fuori a fare una telefonata, bambola.» Si avvicinò per baciarla sulla guancia.

Mi infastidì il fatto che ci avesse chiamate entrambe *bambola*. In un certo senso lo odiai all'istante per aver ferito

Armando, anche se era irrazionale. Se non avesse portato via Grace, Armando avrebbe potuto stare ancora con lei. E questo mi avrebbe lasciato senza mai provare cosa significasse essere consumata da un uomo come lui. Senza mai nuotare nella sua intensità.

«Ti preparerò qualcosa di speciale» dissi a Grace, perché non c'era nessun altro nel negozio e avevo qualche minuto per mettere insieme qualcosa che avrebbe adorato. Stavo ancora cercando di impressionarla, nonostante avesse spezzato il cuore di Armando.

Nonostante il fatto che magari ero stata io a distruggere ciò che ne restava dopo che lei aveva finito.

«Torno subito.»

Avevo lasciato la porta sul retro del vicolo aperta per far passare la brezza, perché per una volta faceva fresco, e sentii il ragazzo che parla al cellulare.

«Annulla tutto. Sì, ne sono sicuro. Revoco il lavoro. È chiuso. Non verrà pagato.»

Un brivido mi percorse la schiena. Ero certa che si trattasse di una conversazione che non avrei dovuto ascoltare. Non volendo diventare ancora una volta testimone di qualcosa di illegale, mi affrettai a finire la composizione e tornai di corsa all'ingresso con il vaso in mano.

«Ecco qui.» Mi sforzai di sorridere, combattendo ancora contro il senso di presentimento di quella telefonata e il dolore di aver riattivato tutti i miei sentimenti per Armando.

«Grazie.» Mi studiò con curiosità. «Posso chiederti come tu e... non importa.» Scosse la testa. «Non mi riguarda. Sono solo felice per voi ragazzi.»

Se solo la felicità avesse potuto essere nostra.

«Grazie.» La guardai uscire prima di prendere il telefono e vedere un vecchio messaggio di Armando. Non aveva mandato neanche un messaggio da quando l'avevo cacciato.

Non sapevo perché avevo pensato che l'avrebbe fatto. Ma una parte di me doveva averlo sperato, perché ogni giorno che passava senza avere sue notizie mi faceva morire un po' di più.

Passai sopra lo schermo con il pollice cercando di decidere se dovessi avviare la comunicazione. Alla fine mi accontentai di un: *Grazie per avermi consigliata a Grace.*

Non riuscivo a immaginare che gli piacesse parlare con lei. Non riuscivo proprio a immaginarlo mentre chiacchierava in alcun modo. Quindi il fatto che si fosse sforzato per assicurarsi che lei prendesse i suoi fiori qui significava qualcosa. Non sapevo se fosse successo prima o dopo che ci eravamo lasciati, ma in ogni caso era stato carino da parte sua.

E fu allora che ne fui sicura.

Avevo fatto un terribile errore.

Capitolo ventinove

Armando

Larry era felice, finalmente stavo facendo quello che avrei dovuto fare in questo lavoro: sedermi e non fare nulla mentre gli altri lavoravano.

Mi strofinai le nocche gonfie e fissai il padre di Hannah, che era tornato al lavoro già questa settimana. Ero nervoso, pronto a prendere a calci nel culo Larry con il mio stivale se avesse rotto il cazzo in qualche modo ad Harold sul fatto di essere stato via, ma non era successo niente.

Harold si rifiutò di guardarmi e Larry cercò comunque di fingere che non ci fossi.

L'ultima settimana era stata fottutamente confusa. Ero uscito tutte le sere con Marco e Leo a consegnare messaggi per il don, poi avevo perso la testa in una bottiglia. Le giornate non valevano niente. Non sapevo nemmeno come passavano. Era come essere di nuovo in prigione. Un minuto confluiva in un'ora che confluiva in un giorno. Non c'era nient'altro che violenza e l'impegno a rimanere in vita per alimentare la mia esistenza.

Alle cinque meno un quarto, tutti iniziarono a muoversi

all'unisono, preparandosi per andare. Mi alzai e feci per uscire, ma vidi Harold che mi guardava.

Aspettai perché, cazzo, ero alla disperata ricerca di qualsiasi tipo di notizia su Hannah, qualsiasi tipo di legame con lei. Ero stato così fottutamente perso senza di lei. Morto.

Venne verso di me come se fosse incazzato. Con un intento. Come se avesse intenzione di darmi un pugno nello stomaco.

E quando mi raggiunse, lo fece.

Lo presi da uomo, e non reagii perché era il fottuto padre di Hannah. Se pensava che io meritassi la sua ira, probabilmente aveva ragione.

Mi colpì di nuovo, questa volta nelle costole. Poi ancora una volta sulla mascella.

«Non mi interessa chi cazzo sei. O per quale famiglia lavori. Se pensi di mettere incinta mia figlia e di andartene, faresti meglio a ripensarci.»

Ci volle un secondo perché le sue parole affondassero. *Incinta.* Aveva detto *incinta.*

Mi asciugai il sangue dal labbro con il dorso della mano. «Hannah è incinta?» chiesi.

Il tizio si fermò, come se si fosse reso conto che forse aveva fatto una cazzata. Del tipo che forse non avrei dovuto saperlo.

Ricordai quella scatola del test di gravidanza sul tavolo. Mi aveva detto che era negativo.

Aveva mentito?

Perché?

Mi vennero in mente una dozzina di scenari, ma non mi fermai a chiedere ad Harold, che ovviamente non sapeva cosa stava succedendo nella testa di sua figlia più di me. Lo lasciai lì in piedi e corsi in strada. Avevo bisogno di un fottuto Uber.

Subito cazzo!

Per una volta nella mia dannata vita, le cose sembrarono andare per il verso giusto, perché un taxi si fermò quando lo chiamai e mi lanciai dentro, dando l'indirizzo del Giardino dell'Eden.

Aveva mentito e aveva rotto con me piuttosto che dirmi che era incinta. Perché? Perché?

Perché sapeva che non sarei stato un bravo padre, in grado di pensare alla famiglia, questa era la risposta più ovvia. Questo era il motivo per cui ero andato fuori di testa quando avevo visto la scatola del test. E perché avevo già qualcuno che mi voleva morto, e di sicuro non avevo bisogno di mettere in pericolo una minuscola vita innocente con il mio fottuto dramma.

Qualcosa di inquietante mi si contorse nello stomaco mentre rivedevo la mia reazione. E se avesse mentito per come mi ero comportato? Il mio fiore sensibile e bellissimo. Sentiva ogni emozione che provavo. Era come se le canalizzasse. Forse aveva sentito il mio sgomento e mi aveva escluso per questo. Forse aveva pensato che le avrei fatto pressioni per abortire o roba del genere.

Fanculo! L'avevo delusa in ogni fottuto modo! Avevo completamente fallito il *mio* di test di gravidanza oltre al fatto che mi ero rifiutato di pormi nel modo in cui aveva bisogno di me. Di essere il suo uomo. Di offrirle una vera relazione.

Fanculo! Tutto quello che potevo fare era dare un pugno alla portiera del taxi, ma mi trattenni. Non potevo essere sbattuto fuori dal taxi, non prima di essere arrivato al Giardino dell'Eden.

E non sapevo nemmeno cosa diavolo avrei fatto o detto per riconquistarla. Non avevo ancora una soluzione alla situazione di merda che attentava alla mia vita. Tutto quello che sapevo era che ero dannatamente sicuro che avrei combattuto per lei.

Per noi.

Avevo incasinato le cose alla grande, ma questo non significava che fosse irreparabile.

Almeno, speravo davvero di no.

Capitolo trenta

annah
H Il negozio era vuoto come al solito quando il mio telefono squillò. Lo presi dove stavo mettendo insieme le composizioni sul retro.

Quando vidi chi stava chiamando, fui leggermente allarmata. «Papà?» Non mi chiamava mai. Era sempre la mamma che si faceva avanti. Sapevo che mio padre mi voleva bene, ma era decisamente un tipo forte e silenzioso.

Come Armando.

Accidenti, perché tutto mi ricordava Armando?

«Ehi piccola. Ascolta, so che hai qualcosa di personale che non sei pronta a dirmi...»

«Papà, ti prego. Sono al lavoro. Non voglio parlarne adesso.» Sbattei velocemente le palpebre per schiarirmi gli occhi che già mi bruciavano e feci girare un giglio peruviano nel bouquet finché non si adattò bene.

«Lo so, lo so, va bene» disse in fretta. «Ho sentito abbastanza ieri sera per capire che sei incinta e hai rotto con quel tuo ragazzo.»

Smisi di sistemare e trattenni il respiro. Risucchiai aria

come se fossi stata colpita allo stomaco, e la trattenni, sospesa. Tremavo.

«Beh, probabilmente non avrei dovuto dirgli niente...»

Sussultai. Perché non avevo considerato il fatto che mio padre e Armando lavoravano ancora insieme? «Cosa hai detto?» Posai la rosa che tenevo tra le dita sul bancone, incapace di continuare.

«Hannah, non sei in pericolo a causa di quell'uomo, vero?» chiese bruscamente.

«*Di Armando?*» chiesi con esagerato scetticismo. «No. *Lui* è in pericolo a causa di qualche banda, ma no. Non mi farebbe mai del male.»

«Va bene. Ma lui non lo sa? Cioè, adesso sì... mi dispiace, piccola. Mi faceva incazzare vederlo presentarsi ogni giorno con i postumi della sbornia e fregarsene del lavoro, quando sapevo che stavi piangendo a dirotto a causa di questa cosa.»

Deglutii. «Aveva i postumi di una sbornia?» Non avevo da lui. Era stupido pensare che avrebbe potuto essere a causa mia, ma il mio sciocco cuore lo sperava.

«Sono abbastanza sicuro che stia venendo lì proprio ora. Volevo solo avvertirti.»

«Va bene, grazie» sussurrai e chiusi gli occhi mentre abbassavo lentamente il telefono e il cuore mi batteva all'impazzata nel petto. Speranza e ansia si sovrapposero, si intrecciarono, mi capovolsero. Il pensiero razionale mi aveva abbandonata. Cercai di fare mente locale sulle ragioni per cui non gliel'avevo detto. I motivi per cui era importante rimanere separati, ma scomparirono.

Sentii tintinnare i campanelli che avevo avvolto intorno alla maniglia della porta per farmi sapere quando entrava qualcuno, e mi avvicinai, il mio battito accelerò. Nel momento in cui vidi la sua faccia smunta, singhiozzai e mi coprii la bocca.

«Hannah.» La sua voce suonò roca mentre attraversava lo spazio del negozio con pochi rapidi passi e girava dietro il bancone. Mi avrebbe abbracciata. Percepii il suo intento tanto quanto percepii la sua angoscia, la sua forza, la sua determinazione.

«Non farlo» lo implorai, tendendo una mano per fermarlo. Perché se mi fossi trovata di nuovo tra le sue braccia, non avrei mai avuto la forza di respingerlo. Non avrei mai avuto la volontà di porre fine alle cose. Sarebbe sembrato tutto troppo giusto. Lo sapevo già. «Sto cercando di dimenticarti» dissi con voce strozzata.

«Per favore» gracchiò. «Ho bisogno di stringerti, cazzo.» La sua voce suonò come lo scontro tra cemento e acciaio, distrutta ma così dannatamente forte.

E, naturalmente, non c'era modo di resistergli. Avevo bisogno di lui. Caddi tra le sue braccia e lui mi tirò contro il suo petto muscoloso.

«Mi dispiace piccola. Ho mandato tutto a puttane. Fin dall'inizio» confessò parlando contro i miei capelli, le sue labbra mi mossero i riccioli, il suo respiro era caldo contro il mio cuoio capelluto. Non allentò la presa d'acciaio che aveva sul mio corpo, il che fu positivo perché le mie gambe smisero di funzionare. «Non sapevo che affrontando questa cosa mi sarei innamorato.»

Smisi di respirare.

«Non sapevo che saresti diventata il fottuto *cuore* che batte nel mio petto. Tutto quello che sapevo era che mi avevi visto uccidere un uomo e questo ti rendeva un rischio, ma non c'era modo che potessi farti del male o anche solo fingere di poterti fare del male. E tutto quello che potevo pensare di fare era portarti a casa.» Le sue dita scivolarono sotto i miei capelli e fece scorrere leggermente il pollice sulla mia nuca. «Cazzo, forse lo sapevo, anche allora. Perché, dopo quel bacio, non ho mai voluto lasciarti andare. Volevo legarti alla gamba del mio letto e tenerti per sempre, cazzo.»

Mi resi conto che stavo tremando tutta. Incapace di parlare. Lo assimilai anche se avevo deciso di essere forte.

«Hannah.» Ora tolse il braccio intorno a me e si tirò indietro, prendendomi il viso. Era doloroso guardarlo, ma lui aspettò finché non lo feci, e poi non riuscii a distogliere lo sguardo. Mi resi conto con shock che aveva un livido sulla mascella e le occhiaie.

«Ho mandato tutto a puttane, ma se mi dai una seconda chance, giuro su Cristo che non te ne pentirai. Capirò come essere il tuo uomo.» Appoggiò la fronte contro la mia. «Per favore, lasciami essere il tuo uomo.»

Feci un respiro. «Sei qui... per quello che ti ha detto mio padre?»

Non capevo cosa volessi sentirgli dire: c'era così tanto in questo, ed era tutto contorto.

Esitò come se volesse ottenere la risposta giusta ma non era sicuro di come. «Voglio questo bambino...» sbottò all'improvviso, togliendomi le mani dal viso e infilandosele in tasca. Dandomi spazio. «Voglio dire, se lo terrai. Ti sosterrò, qualunque cosa accada. Mi dispiace di essere andato fuori di testa. Mi spaventa a morte pensare che qualcosa potrebbe succedere a uno di voi a causa mia. Ma risolverò quella merda» giurò, fissandomi. Deciso. «La risolverò e vi terrò al sicuro. Te lo prometto.»

Era la prima volta da quando era tornato che vedevo quella vecchia fiducia in lui. Il ragazzo che sedeva in cima al mondo. Che sapeva cosa voleva e come ottenerlo. Forse

Armando aveva solo bisogno di un motivo per fregarsene della vita all'esterno.

Forse ero io quel motivo.

«Hannah.» La sua voce si fece dolce, e si fece avanti di nuovo, appoggiandomi leggermente una mano sulla vita. «Dammi un'altra possibilità. Ti prego. Ci riuscirò questa volta. Non ti deluderò.» L'altra sua mano serpeggiò dietro la mia testa e mi fece alzare il viso. «E io voglio il bambino. Ma nessuna pressione.»

Il suo bel viso divenne sfocato a causa delle lacrime. «Anch'io voglio la bambina» sussurrai. «Può venire al lavoro con me. Insomma, sono io il capo. Posso assolutamente far funzionare questa cosa.»

Strinse gli occhi e sollevò leggermente gli angoli delle labbra. Permettendo al nostro bambino non ancora nato di essere la prima cosa a farlo sorridere veramente. Un sorriso vero, a trentadue denti, onesto con Dio. «Una lei?»

Alzai le spalle. «Lo sento.»

Allargò le labbra. «Sarà bellissima. Come te.» Il suo sguardo vagò amorevolmente sul mio viso. «Posso baciarti?»

Sbuffai leggermente, sembrava quasi il primo appuntamento. «Mi chiedi il permesso adesso?»

Strinse gli occhi di nuovo. «Te l'ho detto, questa volta lo farò bene. Se mi vorrai.» Si sporse in avanti e si fermò con le labbra a pochi millimetri dalle mie. «Dimmi che mi vuoi.»

«Ti voglio» sussurrai, poi lo spinsi via, proprio prima che le sue labbra si schiantassero sulle mie. «Ma non puoi spezzarmi il cuore» lo avvertii.

Scosse la testa. «Sono d'accordo, Hannah. E quando mi impegno, sono leale da morire. Questa volta andrà bene, lo giuro.»

Annullai la distanza tra le nostre labbra e lo baciai quasi attaccandolo. Mi restituì il bacio, come faceva sempre, divorandomi la bocca, saccheggiandomi con la lingua, prenden-domi con le sue labbra, bevendomi.

«Ti amo, Fiori» mormorò quando ci separammo per prendere aria.

La vista mi si annebbiò. «Anch'io ti amo.»

Capitolo trentuno

Armando

Il problema dell'amore era che ti faceva perdere di vista cose che avresti dovuto cogliere. La mia mente era completamente concentrata sul vedere Hannah. Sapevo che era venerdì e che i ragazzi erano alla porta accanto, ma non li avevo notati quando ero passato. Né aveva prestato attenzione al ragazzo che bighellonava dall'altra parte della strada.

Ero troppo consumato dall'idea di arrivare da Hannah e sistemare quella merda.

Quando suonarono i campanelli della porta, ci separammo e vidi entrare Lorenzo, uno dei veterani.

«Mando» disse, come se fosse sorpreso di trovarmi dietro il bancone con le labbra attaccate ad Hannah.

«Lorenzo. Come va?» Per la prima volta da quando ero uscito, non odiavo tutti. Ero quasi felice di vedere un volto familiare. Orgoglioso di mostrare la mia relazione. La mia bellissima ragazza incinta.

«Cosa sta succedendo qui? Tu e ah...» Il suo sguardo curioso si spostò tra noi due.

«Hannah» dissi, supponendo che non conoscesse o non ricordasse il suo nome. «Sì. Lei è la mia ragazza. Hannah, ti presento Lorenzo.»

«Conosco Lorenzo» disse Hannah con una risata. «Vuoi due bouquet oggi?»

Lorenzo le sorrise. «Esatto. Uno per la moglie e uno per il *goomba*.» Mi fece l'occhiolino.

Hannah andò verso il frigorifero. Mi resi conto che indossava la mia maglietta dei Cubs sopra i suoi pantaloncini rossi, e mi si inondò il petto di calore.

Sentimenti.

I sentimenti stavano esplodendo dappertutto.

Ma fu allora che esplose la merda.

Risuonarono degli spari e le vetrine anteriori e le porte di vetro andarono in frantumi.

«Stai giù», gridai, lanciandomi verso Hannah e trascinandola a terra. Lorenzo estrasse un'arma, ma rimase sul pavimento, strisciando fino a dove ci trovavamo noi, dietro il bancone.

Di solito ero fottutamente freddo in caso di emergenza, ma c'era Hannah qui, con il mio bambino non ancora nato. Quando gli spari si fermarono, dissi a Lorenzo: «Portala fuori dal retro. Per favore.» Gli presi la pistola dalla mano perché non avevo un'arma con me.

Lorenzo non esitò. Era un soldato, come me. Afferrò il braccio di Hannah, la tirò su e si diresse verso la porta sul retro. Il vetro dalle finestre cadde nel silenzio inquietante dopo gli spari assordanti.

«Lorenzo» gridai, e lui si voltò verso la porta. «*Assicurati* che si prendano cura di lei... se non ce la faccio.»

«No!» Urlò Hannah e Lorenzo dovette abbracciarla per impedirle di tornare di corsa da me.

«E mia madre. Promettimelo.» Alzai la pistola.

«Hai la mia parola.»

«Lorenzo» - sembrava così fottutamente importante da dire - «È incinta.»

«*Lo prometto*» disse Lorenzo in italiano con la riverenza di un giuramento, e poi trascinò Hannah fuori dalla porta sul retro.

Inspirai e appoggiai la schiena contro il muro proprio dietro il bancone.

Altri vetri si infransero e sentii lo scricchiolio di passi sul vetro.

«Armando» canticchiò qualcuno. «Vieni fuori, vieni fuori, ovunque tu sia.»

Eccoci.

Il momento della mia morte. Proprio quando avevo trovato una ragione per vivere. Quando mi sentivo finalmente necessario. Pensare che avrei potuto lasciare Hannah e nostro figlio prima ancora che avessimo una possibilità mi mandava in fiamme i polmoni.

Ma non potevo nemmeno continuare a nascondermi. Non potevo mettere in pericolo lei o il nostro bambino perché avevo una taglia sulla mia testa. Questa storia doveva finire subito. Stasera.

Controllai il caricatore della pistola per contare quanti colpi avevo e poi ingoiai la bile che avevo in gola. Nel riflesso della porta del frigorifero, ne vidi tre. Potevo colpirli tutti.

«Gettate le vostre cazzo di armi, o puliremo il fottuto pavimento con il vostro sangue.»

Il mio cuore saltò un battito. *Arturo*. Molti passi. I ragazzi dovevano essere alla porta accanto per il taglio di capelli del venerdì. *La famiglia*. La mia famiglia.

Mi allontanai dal muro, puntando la mia pistola contro il tizio più vicino a me. Arturo, Marco, Leo ed Emilio erano tutti lì, con le pistole puntate alla nuca dei tre membri della banda.

«Tranquilli e lentamente» disse Arturo. «Non so che cazzo pensate di fare, ma nessuno scherza con un Pachino. Se gli torcete un solo capello, Don Pachino cancellerà l'esistenza di ognuno di voi - di ogni membro della banda, delle vostre madri, dei vostri fratelli, delle vostre sorelle e dei vostri fottuti cani - dalle strade di questa città.»

«Tranquillo.» Riconobbi la voce del tizio che aveva gridato il mio nome quando era entrato. Teneva la pistola per il calcio, la abbassò lentamente a terra. I suoi due amici fecero lo stesso. «Non sai di cosa stai parlando, amico. L'ordine veniva da don Pachino. Ci ha assunti lui per questa merda.»

Mi gelai. Che cazzo stava succedendo?

«Stronzate» disse subito Arturo.

Il ragazzo si girò lentamente. «Diglielo.» Alzò il mento verso Emilio, i cui occhi saettarono dappertutto.

Arturo lanciò una rapida occhiata a Emilio. «*Dirci cosa, Emilio?*» aveva un tono mortale. Mi fece venire la pelle d'oca sulle braccia.

«Ci ha assunti lui» disse il ragazzo.

«Ho annullato l'ordine, stronzo» disse Emilio a denti stretti. Madido di sudore sulla fronte. Era pallido come uno svedese del cazzo.

L'ondata di shock che attraversò i più anziani era palpabile.

«L'ho annullato oggi.» Emilio si spostava da un piede all'altro.

Il ragazzo alzò le spalle. «Non ho ricevuto alcun messaggio.»

«L'ho annullato!» gridò Emilio, come se stesse perdendo la testa del cazzo.

«L'hai sentito» disse Arturo riprendendo il filo. «E quel fottuto ordine non è venuto dal don. Quindi, se non vuoi che tutta la tua banda venga annientata, ti suggerisco di andartene da qui e di non avvicinarti mai più a nessuno di noi. *Capito?*»

«Sì, ok.» Il ragazzo cercò di sembrare tranquillo, ma lui e i suoi due amici uscirono rapidamente.

Il suono delle sirene che si avvicinavano riempì l'aria e Arturo imprecò. «Dammi quella fottuta pistola» mi disse, perché se mi avessero beccato con quella cosa, sarei finito in gabbia per altri cinque anni, in un attimo.

Ma non avevo intenzione di rinunciare alla mia arma. Non quando c'era un fottuto traditore in mezzo a noi. La puntai alla testa di Emilio. Marco e Leo fecero lo stesso.

Emilio tenne entrambe le mani in aria, la pistola che penzolava dal grilletto. Lentamente, si inginocchiò e posò la Walther PPK sul pavimento. «Pensavo che mi avresti ucciso, Mando» gracchiò. «A causa di Grace.» Le sue mani tremavano visibilmente, ma mantenne il contatto visivo con me, il che era piuttosto fottutamente coraggioso, considerando che stava ammettendo di avermi preso di mira.

«Fottuto bastardo» sbottò Marco.

«Avevo paura di te. Tutti pensavano che mi avresti fatto qualcosa. Tutti, vero?» Si guardò intorno in cerca di supporto, ma nessuno disse una fottuta parola. I poliziotti urlarono, le luci lampeggiarono.

«Basta» sbottò Arturo. «Il don sistemerà la cosa. Non voi» disse feroce, lanciando il suo sguardo ammonitore a me, Marco e Leo. «Dico sul serio. È un uomo d'onore. Non potete toccarlo. Don G deciderà del suo destino. Ora dammi quella fottuta pistola, Mando, prima che tu finisca per rimettere il culo in cella. Tutti gli altri, mettete via le vostre dannate armi. Mi occuperò io della polizia.»

Misi la sicura alla pistola e gliela lanciai mentre i poliziotti avanzavano. Gli altri ragazzi misero via le loro e tutti alzarono le mani in aria. Emilio si alzò goffamente in piedi, senza mai distogliere lo sguardo da me. Pensava ancora che lo avrei ucciso.

«Se ne sono andati» gridò Arturo ai poliziotti. «È stato una specie di rapina, ma sono scappati quando siamo usciti dal barbiere con le nostre armi.» Uscì lentamente, le mani tenute vagamente in aria. Don Pachino aveva alcuni tizi in divisa sul libro paga, ed era probabile che Artie sapesse chi erano e viceversa. Potevo solo fottutamente sperare che riuscisse a tirarci fuori da questa valanga di merda.

Mi aspettavo che ci ordinassero di metterci tutti a faccia in giù, ma non lo fecero. Sicuramente conoscevano Artie. Lo lasciarono avvicinare e raccontò loro la sua versione di quello che era successo.

Marco colpì di proposito Emilio mentre usciva, e Leo gli lanciò uno sguardo che giurava morte. Avrei dovuto pensare di uccidere il bastardo, ma non lo feci. Perché mentre usciva, vidi Hannah in piedi davanti a Rocco, con le lacrime che le rigavano il viso. Lorenzo era al suo fianco in modo protettivo e mi fece un cenno quando alzai il mento.

«Armando!» gridò lei.

«Va tutto bene, Fiori.» Tenni le braccia aperte e lei mi corse incontro. Il suo corpo morbido si scontrò con il mio, premette tutte quelle curve contro di me, seppellì il viso nel mio petto. «È finita ora. Per sempre.»

Lei sbatté le palpebre e io accarezzai con il pollice la sua liscia pelle bruna. «È finita» ripetei, rendendomi conto che avrebbe potuto essere vero.

Emilio aveva revocato il colpo. Arturo aveva messo in guardia gli Hermanos che non avevano sentito il messaggio. Ciò significava che a parte la merda che doveva essere risolta tra me ed Emilio, la mia vita era al sicuro per il momento.

La mia ragazza e il nostro bambino erano al sicuro.

Infilai le dita tra i suoi riccioli per accarezzarle la nuca e unire le mie labbra alle sue. «Mi vuoi sposare?» chiesi.

Schiuse le labbra per la sorpresa. «Sei serio?»

«Serissimo, Fiori. Sei la ragione per cui voglio vivere. Il motivo per cui sono contento di essere libero. Anche senza il bambino, vorrei farti trasferire a casa mia e tenerti per sempre.»

Lei fece una risata acquosa. «Oh. Non lo so.»

Il cuore mi palpitò. Le misi una nocca sotto il mento per alzare il suo sguardo verso il mio. «Non lo sai?»

«Che ne dici di...» agitò una mano verso il suo negozio devastato, il vetro frantumato dai proiettili.

Feci un respiro e annuii. «È risolto. Non sono più un bersaglio. E giuro su Cristo che non lascerò che niente del genere tocchi di nuovo te o il nostro bambino.»

Mi gettò le braccia intorno alla vita e mi abbracciò ferocemente. «È risolto? Oh mio Dio, Armando, è stato orribile. Pensavo che saresti morto.»

«Lo so, bellissima. Ma ora è finita, te lo prometto.»

Lei si allontanò e alzò il viso. «Sì.»

Non respirai. Stava dicendo di sì alla mia proposta?

«Sì!» annuì vigorosamente mentre le lacrime le scorrevano lungo il bel viso.

«Ti amo.» Guardai nei suoi caldi occhi castani quando lo dissi. Sostenni il suo sguardo, così avrebbe saputo che era la dannata verità. Ero il suo uomo e le sarei stato accanto per tutta la vita. La lealtà era nelle mie corde.

Guardai verso Marco e Leo, che avevano messo Emilio in mezzo a loro, come guardie carcerarie.

Quando Marco vide che guardavo, mormorò qualcosa e si avvicinò, scrutando Hannah con sguardo curioso.

Si asciugò le lacrime, le asciugò sulla mia maglietta, emettendo una risata imbarazzata.

«Spero che tu te lo sia ripreso. È diventato un bambinone da quando l'hai cacciato di casa.»

Non gli diedi nemmeno un pugno perché ero troppo fottutamente felice. «Hannah ha appena accettato di sposarmi.»

Il volto di Marco si allargò in un sorriso. «Davvero? Congratulazioni!»

Sentii Leo ringhiare qualcosa del tipo: «Se scappi, cazzo, ti darò la caccia e mangerò il tuo dannato fegato» a Emilio prima che si avvicinasse e allungasse la mano. «Ho sentito bene?»

«Sì» disse Hannah con una risata acquosa.

«Adesso è la mia fidanzata» risposi. «E sta per avere il mio bambino.»

«Ehi» sorrise Marco.

Leo alzò le sopracciglia. «Bel modo di rimediare, Mando.»

Tutti sorrisero. Diavolo, avrei potuto anche sorridere, sarebbe stata una novità.

«Mando.» Hannah mi guardò da sotto le lunghe ciglia. «È così che ti chiamano?»

Annuii. «Sì. Soprannome che mi porto dall'infanzia.»

«Mi piace.»

«Tu mi piaci.» La attirai a me e le baciai il naso.

Emilio era in piedi e ci osservava, le spalle curve, il volto segnato dalla miseria e dalla paura. Francamente, ero sorpreso che non si fosse dato alla fuga, ma probabilmente sapeva che Leo aveva detto la verità. Gli avremmo dato la caccia fino ai confini della terra se fosse scappato. Inoltre, aveva una fidanzata che lo aspettava a casa.

Forse pensava che ne sarebbe uscito ancora vivo.

Arturo urlò a Lorenzo in italiano di tenerlo d'occhio, e io mi sentii in qualche modo vendicato. Non c'erano solo Marco e Leo dalla mia parte. Lo erano tutti.

Non sapevo cosa avrebbe fatto il don, ma quella corrente di lealtà, la forza della famiglia che mi era mancata da quando ero uscito, si riaccese. Tutti tranne uno di questi uomini mi coprivano le spalle.

Cancellava la maggior parte del bruciore dovuto al sapere che uno dei nostri aveva cercato di commissionare la mia morte.

Capitolo trentadue

Hannah

«Questa è casa mia» mormorò Armando, aprendo la porta del suo appartamento e accendendo le luci. I suoi cugini, Marco e Leo, abitavano entrambi nello stesso palazzo. Lo sapevo perché avevamo preso tutti lo stesso ascensore.

Dopo che Armando aveva chiamato alcuni amici per pulire i vetri da me, aveva lasciato qualcuno di guardia tutta la notte a sorvegliare il negozio, fino a quando non fossimo riusciti a sostituire le vetrine e la porta l'indomani.

«È carina» dissi. Era molto più bella del mia in termini di dimensioni e posizione, anche se priva di personalità.

«Potremmo vivere qui, se vuoi, perché è più grande. Puoi farci quello che vuoi: renderla colorata, come te.»

Lo guardai. «Pensi che io sia colorata?»

Si girò completamente verso di me e mi avvolse con entrambe le braccia. «Sì.» Mi sfiorò il naso con le labbra. «Bellissima. Vibrante. Piena di vita.» Mi guardò la pancia e alzò le labbra. «Letteralmente.»

Adoravo vedere il sorriso sul suo volto. C'erano segni di stanchezza intorno ai suoi occhi, ma sembrava più rilassato e felice di quanto non l'avessi mai visto. Tornando a casa mi aveva detto che era tutto risolto, che non c'era più una taglia su di lui, e che era stato Emilio a commissionare il colpo e ad assumere la banda per eseguirlo dopo che Armando aveva ucciso il primo sicario. Gli avevo raccontato della telefonata che avevo sentito per caso, di come doveva averla annullata dopo aver saputo che eravamo una coppia. Non stavo dicendo che andasse tutto bene - e non avrei perdonato Emilio per quello che aveva fatto - ma contava qualcosa, immaginavo.

Mi condusse in camera da letto e mi sfilò delicatamente via la maglietta dalla testa. «Adoro vederti con i miei vestiti, Fiori» borbottò, slacciandomi il bottone dei pantaloncini. Si accovacciò, facendo scivolare le mani lungo le mie cosce mentre me li tirava giù dalle gambe. Poi si alzò e mi girò intorno, facendo scorrere leggermente la punta delle dita sulla mia pelle. Era così diverso dal modo rude con cui mi prendeva di solito. Mi baciò sulla spalla, seguendo le linee del mio tatuaggio. «Sei così bella» mormorò.

Il calore mi inondò il petto, rendendo i miei seni pesanti, i miei capezzoli tesi. Non sapevo se stessi percependo le sue emozioni o le mie: erano così intrecciate. Tutti i confini, i muri tra di noi erano spariti ora.

Si spostò dietro di me e mi sganciò il reggiseno, poi mi prese i seni, stuzzicandomi i capezzoli con i pollici. Mi sfiorò il collo con i denti. «Cos'era quella del *goomba* con Lorenzo?» chiese. «Io non sono così. Non te lo farò mai. Ti faccio una promessa, Fiori, la manterrò.»

Il battito mi accelerò. Quest'uomo sarebbe diventato mio marito. Il padre di nostro figlio. Non avevo dubitato di lui, ma era bello sentirlo giurare di essere fedele. Appoggiai la testa contro la sua spalla e gli coprii le mani con le dita. Mi prese i polsi e me li tirò sopra la testa ingabbiandoli in una delle sue mani, sollevando e allargando i miei seni. Con l'altra mano mi pizzicò i capezzoli, già duri come i diamanti.

Gemetti piano. «Sono sensibili» mi lamentai.

Si fermò immediatamente. «Scusa, angelo.» Mi sfiorò la mascella con la bocca.

«No, non fermarti. Mi piace il modo in cui mi tocchi.»

«Vieni qui.» Ci accompagnò entrambi all'indietro finché non colpimmo il letto e cademmo sul materasso. Dopo avermi messa sulla schiena, la sua bocca scese sulla mia. La tenerezza svanì mentre la fame cruda prendeva il sopravvento. Gli sfilai la camicia. Mi allargò le cosce con il ginocchio. Gli sbottonai i pantaloni. Lui mi tolse le mutandine. Eravamo un groviglio selvaggio di labbra e mani e corpi che si fondevano. Gli accarezzai i muscoli tesi, toccando avidamente ovunque potevo: i muscoli sporgenti delle sue braccia, le gobbe dei suoi addominali, la curva dura del suo sedere. Si tolse i pantaloni e scivolò dentro di me sguainato, affondando i denti nel mio collo.

Mi inarcai per prenderlo più in profondità. «Sì.»

«Sì» fece eco. Mi colpì con potenti spinte. «Sei mia.» Mi sostenne la spalla per evitare che la mia testa colpisse la testiera, ma mi accarezzò la guancia con il pollice, c'era ancora un briciolo di tenerezza. «Sei mia ora.»

Sbattei le palpebre per lo sforzo di impedire ai miei occhi di roteare all'indietro per il piacere, ma incrociai il suo sguardo. «Sono stata tua fin dall'inizio» confessai.

Era vero. Non aveva bisogno di rapirmi e tenermi prigioniera. Sarei andata con lui ovunque. Mi aveva fatta sua al primo tocco autoritario.

«Ti amo» gli dissi, non dovendo mai più trattenere quelle parole. Doveva saperlo già, però, perché ero incapace di nascondere i sentimenti.

Armando buttò indietro la testa, quasi come se soffrisse. Mostrò i denti e ruggì, sbattendomi addosso con forza, sempre più forte.

«Sì» sussultai. «Ti prego.»

Armando si fermò, il viso tirato per la tensione, le mani che mi spingevano i fianchi nel materasso mentre il suo cazzo si gonfiava dentro di me. Lui gemette, la sua testa cadde in avanti, le sue braccia mi avvolsero per tenermi vicina. «Ti amo» sussurrò.

Spinse più a fondo e io sussultai, amando la sensazione del suo enorme cazzo che mi riempiva fino all'orlo e mi faceva stare male per il bisogno di averne ancora.

Alzai la mano per accarezzargli la guancia. Chiuse gli occhi appoggiandosi contro il mio tocco e mi baciò il palmo.

«Per sempre mia» sussurrò.

Il cuore mi si gonfiò.

Spinse il cazzo ancora più a fondo. Una lacrima mi sgorgò dall'angolo dell'occhio e Armando la leccò via.

«Per sempre» sussurrai.

«E sempre» disse, passando a spinte lente, profonde e perfette.

Il suo cazzo pulsò, la circonferenza aumentò e il calore si intensificò.

Il piacere era così intenso che riuscivo a malapena a respirare. Mi stava consumando. Consumata dal suo amore senza fine. Erano solo i miei sentimenti o provavo anche i suoi?

«Oh, Armando» gemetti, l'estasi era così intensa da sembrare dolore.

Si mosse più velocemente, il suo cazzo mi colpì con tale

fervore che gridai. Non sapevo cosa mi stesse succedendo, ma potevo sentire ogni grammo di emozione pura e genuina che scorreva attraverso il suo corpo. Era come se potessi provare ogni emozione avesse mai provato nella sua vita.

Potevo sentire ogni vecchia ferita che aveva subito, ogni volta che qualcuno a cui teneva lo aveva ferito, ogni volta che qualcuno di cui si fidava lo aveva tradito. Potevo sentire tutto quello che c'era dentro quest'uomo.

Affondò le dita nella tenera carne dei miei fianchi e mi colpì ancora una volta.

«Gesù, mi sento così fottutamente bene» dichiarò mentre mi colpiva. Spostò le labbra sul mio collo e mi mordicchiò la gola.

Sentii ogni centimetro di lui dentro di me e non desiderai altro che assaporare questa sensazione. Sapevo che questo momento era fugace, ma volevo che rimanesse con me. Stavo cadendo nell'oblio. Non ero sicura di cosa fosse l'oblio in cui stavo cadendo, ma sapevo che questa volta era qualcosa di pacifico. Era così che volevo sentirmi per sempre in questo mondo. Niente poteva toccarmi. Niente poteva farmi del male. Niente poteva farmi sentire così bene.

Le mie labbra toccarono le sue, il suo corpo tremò contro di me, e sentii la sua anima confluire nella mia anima. Le mie gambe iniziarono a tremare, le dita dei piedi si arricciarono mentre urlavo. Ci ero così vicina. Così dannatamente vicina.

«Oh Cristo, ora, Hannah, vieni ora» gridò e si tuffò in profondità, riempiendomi con la sua calda essenza.

Poiché sapeva comandare il mio corpo, questo rispose immediatamente, le pareti del mio canale si strinsero e si contrassero attorno al suo cazzo nell'orgasmo più soddisfacente, emotivamente e fisicamente, della mia vita.

Armando rallentò il suo dondolio e mi piazzò baci sulle guance, sulle palpebre, sul naso. «Ti amo, bella ragazza.»

«Ti amo anch'io» gracchiai, tornando dall'altra galassia dove ero stata colpita dal mio piacere. Gli avvolsi le gambe intorno alla schiena e strinsi ancora di più i suoi fianchi. «Tanto.»

Capitolo trentatré

Armando

L'odore di terra, metallo e sangue mi colpì il naso non appena entrai nel magazzino.

Erano le tre del maledetto mattino. Avevo dovuto lasciare Hannah nel mio letto per questo, e la cosa mi aveva quasi ucciso. Ma il don in persona mi aveva chiamato e mi aveva detto di venire qui. E quando il don chiamava, tu ti muovevi. Niente domande. Nessun reclamo.

Avrebbe potuto trascinare le cose e far sudare a Emilio il suo giudizio, ma invece il don aveva scelto di infliggere la punizione stasera.

Ora c'erano due parti di me. La parte morta, e la parte che Hannah mi aveva fatto sentire. Alla parte morta non fregava niente di quello che sarebbe successo stanotte. Né se seppellivano Emilio in fondo al lago Michigan con un paio di scarpe di cemento. E nemmeno se mi avessero fatto premere il grilletto.

Ma l'altra parte, quella di Hannah, *cazzo*. Non lo sopportavo. Come se mi facesse star male fisicamente pensare a Emilio che veniva picchiato. Grace sarebbe rimasta vedova prima ancora di sposarsi. Non avrebbe avuto il suo grande matrimonio.

Non mi piaceva.

Certo non lo avevo perdonato. Aveva commissionato il mio omicidio solo per salvarsi il culo dopo avermi rubato la ragazza.

Il fatto era che Grace non era più la mia ragazza. In questo momento sembrava che non lo fosse mai stata. Stavamo fingendo. Ci muovevamo come ci si aspettava che facessero un uomo d'onore e una delle sue graziose amichette a caccia della gallina dalle uova d'oro.

Ero in uno dei magazzini del don a Little Italy, non lontano dal Giardino dell'Eden.

Emilio era rannicchiato in posizione fetale, sanguinava e piangeva come un bambino. I ragazzi lo avevano già lavorato piuttosto bene.

C'erano tutti i membri più importanti. Tutti i veterani. Alex, il genero di Don G, Marco e Leone.

Don Pachino mi guardò e alzò il mento per chiamarmi. Mi avvicinai come se quella scena non significasse niente per me.

Il che era vero solo a metà.

Avevo visto abbastanza violenza da rendermi insensibile alla sua vista. Diavolo, avevo perpetrato abbastanza violenza da far credere a Emilio che l'avrei ucciso appena fossi uscito. Quindi la vista di lui ferito e sanguinante non mi faceva nessun effetto.

Ma sapere che sarebbe potuto morire presto? Questo mi infastidiva.

«Emilio ha violato il suo giuramento.» La stanza divenne silenziosa quando Don G iniziò a parlare. Eccola: la condanna di Emilio.

Guardandomi intorno, potevo dire che non ero l'unico

ragazzo a non sentirsi del tutto a suo agio. Tutti sembravano tristi. Mani infilate nelle tasche, nessun accenno di piacere in tutto ciò. Emilio poteva anche avermi fottuto, ma era ancora uno dei nostri. Lui era della famiglia. Un fratello d'armi.

Ed era stato uno dei preferiti dei don.

«Ci ha traditi tutti quando ha tentato di uccidere un membro della *Famiglia*.»

Emilio emise un singhiozzo, ma non supplicò. Sapeva che era meglio non farlo.

Don G incrociò le braccia al petto e lasciò che tutti noi metabolizzassimo le sue parole. Lasciò crescere la tensione. «Armando, tu sei la parte lesa. Che tipo di giustizia cerchi?»

Cazzo.

Speravo che avrebbe preso la decisione per me.

«Non sono l'unica parte lesa» dissi, guardando verso Marco. «Gli hanno sparato nel culo.»

«Ed è già coperto di sangue per questo» disse Marco. «Non preoccuparti. Ci ho pensato io.»

«Sei sicuro?» chiesi. «Magari vuoi sparargli anche nel culo. Sembra giusto.»

«Ci ho pensato» disse Marco con un sorrisetto.

Emilio mi scrutò attraverso le fessure gonfie che erano diventati i suoi occhi. C'era un'espressione supplichevole nel suo sguardo. Scuse. «Mi dispiace, Mando. Ho provato ad annullarlo, lo giuro su Cristo, l'ho fatto.»

Certo, questo mi ricordò Hannah, il che mi fece sentire di nuovo qualcosa.

«Sì lo so.»

La stanza era silenziosa. Probabilmente stavano tutti evitando di respirare.

«Hannah ti ha sentito mentre lo annullavi.»

Vidi della speranza sbocciare sul volto di Emilio. Si

sollevò sugli avambracci, poi si alzò a sedere con un sussulto, tenendosi le costole, che senza dubbio erano rotte.

Mi infilai le mani in tasca come gli altri uomini. Valutai Emilio, il triste *stronzo* ai miei piedi. «Sei un tale finocchio del cazzo, che non hai nemmeno provato a uccidermi da solo.»

Le lacrime scesero sul viso di Emilio. Allargò le mani. «Mi dispiace, Mando. La amo così tanto. L'ho sempre amata. Anche prima che tu andassi dentro. Volevo solo vivere per sposarla.»

«E come pensi che andrà?»

Percepii l'agitazione nella stanza alla mia secca minaccia. L'implicazione che non sarebbe sopravvissuto per sposare Grace.

Incrociai il suo sguardo implorante. «Offrimi un risarcimento» chiesi, lanciandogli una sfida. Come se potessi non accettare la sua offerta.

Il sollievo e l'entusiasmo si diffusero sul suo volto. «Qualsiasi cosa. La pagherò. Fai il tuo prezzo.»

«Quanto vale quel matrimonio per te?»

«Qualsiasi cosa» supplicò Emilio.

«Cinquantamila.» Sparai il primo numero che mi venne in mente.

«Cento» intervenne Don G con fermezza.

Emilio annuì con entusiasmo, trascinandosi lentamente in ginocchio. «Li pagherò. Sì, naturalmente. Li pagherò.»

«Portaglieli domani, e la chiuderemo.» Mi guardò. «Nessuna vendetta.»

Alzai le mani. «Non l'ho mai minacciato in primo luogo. Mi hai detto di lasciar perdere, e l'ho fatto.» Alzai le spalle. «Io seguo gli ordini. Sono leale.»

A differenza di un altro stronzo *del cazzo.* Non lo dissi, ma sapevo che tutti stavano pensando la stessa cosa.

Emilio avrebbe dovuto convivere con la sua vergogna per il resto della vita. Poteva anche essere ancora nella famiglia, ma stasera aveva perso tutto il rispetto.

«Sì.» Lo sguardo di Don G tornò su Emilio con disgusto. «Ho valutato male da quale direzione sarebbe venuto il conflitto.»

Fanculo. L'amore di Hannah mi aveva reso generoso. O forse lei ci stava solo lavorando. Con quell'infinita abbondanza di mancanza di giudizio che sembrava portare con sé. Accorciai la distanza tra me ed Emilio e tesi la mano.

Mi guardò dubbioso, come se si aspettasse ancora che tirassi fuori una pistola e gli sparassi tra i denti, ma io aspettai con il palmo teso, fermo.

Quando finalmente la prese, lo tirai in piedi. «Sono state fatte le cose più stupide per tenersi una donna. Sii buono con Grace.» Lo attirai per un abbraccio da fratello e lui mi strinse forte la spalla, come se fossi l'unica cosa che lo teneva in vita. Il che immaginavo fosse quasi vero.

La tensione nella stanza si allentò all'improvviso, grugniti di approvazione si diffusero.

«Non... non dirglielo» mi supplicò quando lo lasciai andare.

Scossi la testa, totalmente tranquillo. «Mai. Nessuno qui lo farà.» Probabilmente era vero, ma mi guardai intorno per esserne sicuro, rendendolo un avvertimento.

Tutti annuirono.

Don G si voltò e se ne andò, come se non volesse più onorare Emilio con la sua attenzione. Si fermò sulla porta. «Sistema tutto entro domani. Mando, dimmi quando è fatta. E poi non voglio più sentire parlare di questa merda.»

«*Capito, capito*» disse Emilio, ma Don G gli diede di nuovo le spalle.

Marco si avvicinò al mio fianco, guardando Emilio con

disprezzo. «Be', anch'io sarei preoccupato se mi prendessi la tua ragazza. Sei un tosto, cazzo.»

Era una battuta e alleggerì parte della tensione nella stanza. I ragazzi iniziarono a muoversi, a parlare tra loro.

«La mia ragazza mi sta aspettando a casa, quindi senza offesa, ma ho di meglio da fare.»

«Vai. Vai a casa.» Lorenzo fece un gesto di scatto. «Prenditi cura di quella tua ragazza incinta.»

Alcuni dei ragazzi grugnirono sorpresi di sentire le mie novità.

Sospettavo che Lorenzo si fosse impegnato con me, Hannah e il bambino da quando gli avevo affidato le loro vite prima. Forse potevo pensare di nominarlo padrino. Anche se Marco sarebbe stata una scelta più saggia, non solo perché era più giovane.

Si sarebbe fatto tagliare la mano per me.

Gli strinsi la mano e ci demmo una pacca sulle spalle.

«Ci vediamo domani, Emilio» dissi senza alcuna provocazione nella voce. Non sapevo come avrebbe fatto a tirar fuori centomila dollari entro domani, ma non era un mio problema.

Anche se mi fossi offerto di dargli un po' di tempo per rimettersi in sesto, Don G non lo avrebbe mai accettato.

Aveva emesso la sua sentenza. La sua volontà sarebbe stata fatta.

* * *

Hannah

Armando rientrò alle sei del mattino.

Ricordavo che aveva ricevuto una telefonata e se ne era andato. Dovevano essere circa le tre.

Mi sedetti sul letto, spaventata. Cercando sul suo viso

lividi o sangue, ma a parte l'aspetto stanco, sembrava integro.

«Va tutto bene?»

Non gli chiesi dove fosse stato. Sapevo che non poteva dirmelo.

Annuì. «Va tutto bene. La situazione di merda con Emilio si è risolta.»

Emilio. Non era da me serbare rancore, ma aveva colpito Armando, quindi non ero sicura che lo avrei mai perdonato per questo.

Tuttavia, non volevo nemmeno sentire che era morto. Non che Armando lo avrebbe condiviso con me se fosse stato così.

«Ci sarà... ancora un matrimonio per lui e Grace?»

Armando si tolse i vestiti e si infilò a letto. «Sì. Mi ripagherà. Sai cosa significa, Fiori?» Strisciò verso di me e mi spinse indietro, coprendo il mio corpo con il suo.

Non ne avevo assolutamente idea. «No.»

«Significa che ho soldi da investire nel Giardino dell'Eden. I nostri affari di famiglia.»

Mi si riempirono gli occhi di lacrime.

Affari di famiglia.

Non credevo di essermi mai resa conto di quanto mi ero sentita sola a gestire il Giardino dell'Eden fino a questo momento. Avevo coinvolto Josie per cercare di alleggerire quel fardello, ma lei non ne era stata coinvolta come lo ero io.

Ma ora avevo Armando. E sapevo già che quest'uomo poteva fare qualsiasi cosa. Il che significava che l'attività era salva. Sapevo che mi avrebbe aiutata a sistemare le cose. A risolvere tutto.

Era così che era fatto.

«Ecco, piccola. Piangi le tue lacrime. Sono di felicità?»

«Sì.» Annuii. «Sono felice.»

Sorrise. Era raro vedere un sorriso su di lui e mi tolse il fiato. «Di cosa sei felice?»

«Che siamo una famiglia.»

Il suo sorriso si allargò.

«Siete la mia famiglia, Fiori. Tu e quel bambino siete tutto per me.»

Lo raggiunsi e lo tirai giù.

Dopo un bacio bruciante, alzò la testa. «Sei mia, Hannah» disse, con voce bassa e possessiva. «Sei mia e farò tutto ciò che è in mio potere per renderti felice.»

Un brivido mi corse lungo la schiena alla convinzione delle sue parole, ma non le rifuggii. Invece, le accolsi, avvolgendo le braccia intorno al suo collo e premendo le mie labbra sulle sue. Ci baciammo profondamente, appassionatamente, il mondo intorno a noi svanì mentre ci perdevamo l'uno nell'altra.

C'era qualcosa in lui che mi faceva sentire al sicuro, protetta, come se nulla potesse toccarmi finché lui era al mio fianco.

Gemetti piano nella sua bocca mentre mi allargava le gambe.

Baciò ogni centimetro della mia pelle, iniziando dal collo e scendendo lungo le mie spalle, poi fino al seno. Inarcai la schiena mentre chiudeva le labbra intorno al mio capezzolo, le sue dita scivolavano tra le mie gambe. Ansimai quando entrò in me, con movimenti lenti e deliberati.

Ma volevo più delle sue dita. Volevo che il suo cazzo fosse sepolto dentro di me. «Di più» gemetti. «Di più.»

Non mi rendevo nemmeno conto di cosa stessi facendo finché non fui sopra di lui dopo avergli tolto i pantaloni, e messo le gambe a cavalcioni sui suoi fianchi. Mi posizionò, il cazzo premette contro il mio sesso. La spessa cappella scivolò dentro di me e io sussultai, il mio corpo si fermò momentaneamente.

Era così fottutamente grande, e questa posizione faceva quasi male.

Ma mi piaceva il dolore. Lo adoravo.

Cominciai a muovermi, scivolando lungo la sua lunghezza, la sensazione del suo spessore che mi tendeva era molto più intensa delle sue dita.

Mi stavo impalando sul suo cazzo, i miei gemiti erano gutturali. Mi afferrò i fianchi, costringendomi a cavalcare il suo cazzo, alzando i fianchi per incontrare i miei, spingendo il cazzo dentro di me.

Buttai indietro la testa, gettando i capelli dietro di me mentre mi lasciavo andare, il mio orgasmo esplose attraverso il mio corpo come fuochi d'artificio nel cielo notturno.

Lo cavalcai più forte e più veloce, il mio corpo aveva un disperato bisogno di altro, ne aveva bisogno. Affondai le unghie nelle sue spalle, urtando selvaggiamente i fianchi contro di lui. Gemetti sempre più forte, le mie grida di piacere riecheggiavano nella stanza.

Rallentai fino a fermarmi, a cavalcioni su di lui e fissandolo negli occhi mentre mi muovevo su e giù sul suo cazzo. Mi guardava come se fossi la donna più bella del mondo mentre lo cavalcavo con movimenti lenti e ritmati.

Chiusi gli occhi mentre mi avvicinavo all'orgasmo successivo.

«Bene» sussurrò, aggiungendo parole dolci e piene di bisogno. «Vieni per me, Hannah. Vieni per me.»

Le sue parole mi spinsero nel mio orgasmo, le parole e il cazzo. Gettai indietro la testa e urlai il suo nome, il mio corpo tremò quando venni di nuovo.

Mi girò sul letto e si posizionò dietro di me, il cazzo

scivolò ancora una volta dentro di me. Mi afferrò i fianchi e si spinse in profondità dentro di me.

Il suo cazzo pulsava dentro di me, il suo corpo divenne teso e rigido. Spinse ancora qualche volta prima di fermarsi. Gemette profondamente mentre il cazzo si contraeva dentro di me, il suo seme caldo mi riempiva.

Si tirò fuori e si sdraiò accanto a me sul letto, tirandomi contro il suo corpo.

«Ti amo, Fiori.»

Appoggiai il viso contro il suo collo, crogiolandomi nel potere delle sue parole. Nel suo amore. Nella sua attenzione. La sua promessa.

«Ti amo tantissimo» gli dissi.

«Mi hai riportato in vita. Mi hai dato una ragione per vivere. Ti devo tutto. Voglio che tu sappia che non ti deluderò mai più.»

Le lacrime mi riempirono gli occhi ancora una volta. «So che non lo farai» sussurrai contro la sua pelle.

Mi fidavo di quest'uomo con tutta la mia vita. Per nostro figlio. Per il nostro futuro.

Lui era il mio tutto.

Epilogo

Hannah

«I giudici hanno esaminato tutti i lavori e scelto i quattro finalisti che dovranno competere tra loro. I seguenti fioristi si facciano avanti...»

Il braccio di Armando si strinse intorno alla mia vita ingrossata da dietro. «Sarai tu» mi mormorò all'orecchio.

Marco e Leo mi diedero entrambi una pacca sulla schiena. Ero commossa che fossero venuti. Era proprio vero che i membri della famiglia di Armando si prendevano cura gli uni degli altri. E questo ora includeva me.

Il cuore mi palpitava contro le costole, ma la verità era che non mi interessava se non arrivavo in finale. Ciò che era più importante per me era la sensazione che provavo nel mio petto ora.

Il flusso scrosciante dell'amore, del suo sostegno. Il piacere di avere al mio fianco la persona a cui tenevo di più in questo mondo nei momenti che contavano.

Come aveva promesso, Armando aveva usato il risarcimento di Emilio per investire nel Giardino dell'Eden.

235

Aveva comprato un nuovo furgone e aveva assunto due ragazzi part-time per fare le mie consegne. Si era buttato a capofitto nella costruzione dell'attività - la nostra *attività di famiglia*, la chiamava - e negli ultimi due mesi le entrate erano già triplicate. Aveva convinto il don a fare delle migliorie e stava cercando una seconda location. Aveva preso il sopravvento e faceva sembrare facilissime tutte le cose che mi terrorizzavano. E io potevo concentrarmi su ciò in cui ero brava: il lato artistico, e facevamo il networking insieme, quindi era meno intimidatorio.

«Hannah Munn» disse il presentatore, e io sussultai. Non mi aspettavo davvero di arrivare in finale.

«Te l'avevo detto» mi rimbombò Armando all'orecchio prima di lasciarmi salire sul palco.

Trassi un respiro tremante, scossi le mani e mi chinai per raccogliere il mio secchio di fiori.

«Fermati» mi bloccò Armando. «Li porto io lassù.»

Non mi lasciava prendere niente di pesante. Né restare in piedi troppo a lungo. O lavorare troppo. Mi trattava come una principessa, tranne che a letto. Lì, si trasformava ancora in un animale, anche con il mio pancione in crescita.

Mi avvicinai sul palco e lui mi seguì, portando il mio secchio pieno di fiori e posandolo accanto a me sul pavimento. «Falli secchi, Fiori» mormorò e mi strinse la mano prima di scivolare via, lasciandomi con gli altri concorrenti. Il prossimo passo era progettare una composizione con i fiori che avevamo portato noi mentre tutti guardavano. E poi farne una con i fiori forniti da loro.

Aspettai il via e poi misi insieme la mia composizione. Era una spirale artistica di rose multicolori intrecciate con fresie e ciuffi di vimini argentati. Quando finii e feci un passo indietro per lasciare spazio ai giudici, non mi permisi di guardare le composizioni degli altri tre concorrenti: ero troppo nervosa e il dubbio voleva insinuarsi, con insistenza. Trovai invece Armando tra il pubblico. Incrociammo gli sguardi e immediatamente percepii la sua forza. La sua fiducia in me. Si riversò dentro di me, lavando via il nervosismo. Accennai un piccolo sorriso e lui ricambiò.

Con una grande sorriso. Niente mi rendeva più felice di vedere la sua faccia sorridere così. Sapendo di essere io quella che l'aveva aiutato a rianimarsi.

La scorsa settimana c'era stato il matrimonio di Grace ed Emilio. Avevo fatto del mio meglio con i fiori, non perché Emilio se lo meritasse, ma perché era la famiglia di Armando, e ora ne facevo parte. Anche noi avevamo partecipato al matrimonio come ospiti. Era stata una decisione di Armando. Aveva detto che era troppo felice con me per portare rancore a uno di loro.

Gli organizzatori ci portarono i loro secchi di fiori e iniziò il turno successivo. Non pensai, lasciai che le mie dita cogliessero i fiori e li sistemassero, senza nessun piano in mente. Sapevo che, se avessi iniziato a cercare di capire quale fosse la cosa giusta da fare, avrei sbagliato. Il mio genio creativo si rivelava quando non modificavo, non mi preoccupavo, non pensavo.

Quindi cavalcai la beatitudine dell'amore di Armando. Il piacere di indossare il suo anello e costruire con lui una vita, una famiglia e un lavoro. E la composizione si creò da sola: una disposizione a più livelli semplice ma sorprendente di peonie e gigli che guardavano le stelle.

Suonò il gong. Facemmo tutti un passo indietro. Incrociai lo sguardo di Armando e mi fece l'occhiolino. La speranza iniziò a filtrare. Ero arrivata fin qui, sarebbe stato sicuramente fantastico vincere. Ma no, non avrei dovuto permettermi di pensarci, perché cosa sarebbe successo se fossi rimasta delusa?

I giudici conferirono e mi venne un po' di capogiro in attesa. La gravidanza stava facendo tribolare la mia pressione sanguigna, o almeno così mi aveva detto mia madre. Era felicissima della mia gravidanza ora che anche io ero felice. Pensavo che mio padre stesse addirittura iniziando ad accettare Armando, anche se non gli piaceva il fatto che facesse parte della mafia.

Armando diceva che era qualcosa che non poteva cambiare, ma aveva promesso di proteggere me e la nostra famiglia da tutti i suoi effetti negativi. Sapevo che non c'erano garanzie. Sarebbe potuto finire di nuovo in prigione. O essere ucciso.

Ma per il momento, il don lo faceva stare fuori dall'attività per permettergli di dirigere la mia. Ed era difficile non sentirsi invincibile con il suo amore avvolto così strettamente intorno a me.

«I giudici hanno preso la loro decisione. Al terzo posto, Jaya Lowe.» La folla applaudì. Mi forzai di respirare. «Al secondo posto, Eric Diamond.»

Merda. Questo probabilmente significava che non ce l'avevo fatta.

«Al primo posto, il vincitore del concorso di quest'anno è... Hannah Munn, del Giardino dell'Eden.»

Sentii Armando gridare. Cercai di fermare i rubinetti che già mi sgorgavano dagli occhi, ma era impossibile. Non sarei stata né elegante né composta mentre accettavo il trofeo. Ma non importava.

Avevo vinto.

Riportai il trofeo ad Armando con le gambe tremanti, e lui mi sollevò e mi fece girare. «Ce l'hai fatta! Sapevo che ce l'avresti fatta, Fiori.»

«Non riesco a smettere di piangere.» Dissi qualcosa di ovvio.

Mi mise dolcemente a terra e mi baciò via le lacrime. «Continua a piangere, Fiori. Può solo migliorare da qui in poi.»

OTTIENI IL TUO LIBRO GRATIS!

Iscrivetevi alla newsletter di Renee per ricevere Indomita, scene bonus gratuite e notifiche riguardo a nuove pubblicazioni!

https://subscribepage.com/reneeroseit

Altri libri di Renee Rose

https://reneeroseromance.com/italiano/

I peccati di Chicago

La tana dei peccati

Radicato nel peccato

Uomo d'onore

Non provocarmi

Non tentarmi

Non costringermi

Dominami - la serie

Padrone reale

Sì, dottore

Padrone russo

Padrone marine

Chicago Bratva

Preludio

Il direttore

Il risolutore

Posseduta

Il sicario

Il soldato

L'Hacker

L'allibratore

Il pulitore

Il playboy

Il guardiano

Vegas Underground

King of Diamonds

Mafia Daddy

Jack of Spades

Ace of Hearts

Joker's Wild

His Queen of Clubs

Dead Man's Hand

Wild Card

Gli alfa di montagna

Eroe

Ribelle

Guerriero

Wolf Ridge High

Alfa Bullo

Alfa Cavaliere

Fratellastro Alfa

Alfa ribelli

Spietato

Due Segni

Indomita (gratuito)

Tentazione

Deseada

Sedotta

Padroni di Zandia

La sua Schiava Umana

La Sua Prigioniera Umana

L'addestramento della sua umana

La sua ribelle umana

La sua incubatrice umana

Il suo Compagno e Padrone

Cucciolo Zandiano

La sua Proprietà Umana

La loro compagna zandiana (gratuito)

L'autore Renee Rose

L'autrice oggi bestseller negli Stati Uniti Renee Rose ama gli eroi alfa dominanti dal linguaggio sboccato! Ha venduto oltre un milione di copie dei suoi romanzi bollenti, con variabili livelli di erotismo. I suoi libri sono comparsi su *USA Today's Happily Ever After* e *Popsugar*. Nominata *Migliore autrice erotica da Eroticon USA* nel 2013, ha vinto come autrice antologica e di fantascienza preferita dello S*punky and Sassy*, come miglior romanzo storico sul *The Romance Reviews* e migliore coppia e autrice di fantascienza, paranormale, storica, erotica ed ageplay dello *Spanking Romance Reviews*. È entrata dieci volte nella lista di *USA Today* con varie antologie.

Iscrivetevi alla newsletter di Renee per ricevere scene bonus gratuite e notifiche riguardo a nuove pubblicazioni!

https://www.subscribepage.com/reneeroseit

f facebook.com/Autrice-Renee-Rose-101548325414563

O instagram.com/reneeroseromance

J tiktok.com/@reneeroseromance

L'autore Alta Hensley

Alta Hensley è un'autrice bestseller di USA TODAY di narrativa d'amore sexy, oscura e piccante. È anche un'autrice di bestseller inserita nella Top 10 di Amazon. Come autrice pluripubblicata nel genere romantico, Alta è nota per i suoi cupi e determinati eroi alfa, per le storie d'amore a volte dolci, per l'erotismo sexy e per i racconti avvincenti che narrano della costante lotta tra dominio e sottomissione.

Vive con suo marito, due figlie e un pastore australiano in uno chalet di legno nel bosco. Quando non è impegnata a combattere con i pipistrelli o ad ammirare un cervo, scrive di cattivi che si trovano sempre di fronte a una storia d'amore e un lieto fine.

Sito: http://www.altahensley.com|www.altahensley.com

- facebook.com/AltaHensleyAuthor
- instagram.com/altahensley
- amazon.com/Alta-Hensley/e/B004G5A6LI
- tiktok.com/@altahensley